AF599619

altamarea

Primera edición en esta colección: marzo de 2025

altamarea.es
altamarea@altamarea.es
Fotografía pp. 204-205: Francisco Encarnación | Mahou©

Diseño de la colección: Sara Maroto Hebrero
Corrección: Lidia Suárez Armaroli
Maquetación: María Pérez Balteira

ISBN: 978-84-10435-18-6
DL: M-5712-2025

Impreso en España por Solana e Hijos Artes Gráficas en febrero de 2025

DIANA
ALLER

Todas las guerras empiezan en verano

BARLOVENTO

MAÑANA DEL VIERNES 20 DE JUNIO DE 2025

—Es veneno puro, ¡y cancerígena! La soja es cancerígena. Fíjate que es peor que el azúcar. Y el azúcar ya es lo peor. ¡Lo peor que hay!

—Ya, bueno… Oye, mamá, tengo que colgar que estoy en el trabajo.

—Ya, pero se ve que hay un estudio que hicieron con ratas… Porque claro, todos los estudios los hacen con ratas…, no va a ser con personas. Y se ve que les dieron soja sin parar a las pobres. De desayuno, comida y cena. Soja, y más soja. Y las ratas masticando todo el día, como tu tía Mercedes… Pero solo soja, ¿eh? Pues total, en unas semanas, todas muertas. ¡Por la soja! Es malísima. Y encima, eso, te sale un cáncer…

—Mamá —interrumpió Mencía—, que es que tenemos ahora una formación de bienestar laboral y tengo que…

—¿Bienestar laboral? ¿Qué es eso?

—Nada, unos señores que vienen aquí y hacemos ejercicios de reinventar nuestro puesto de trabajo, aprender a comunicarnos y mierdas de esas. Preferiría meterme un palo por un ojo.

—Pero ¿tienes que pagar por ese curso? ¿O te pagan? ¿Cómo es la cosa?

—No, está incluido. O sea, es obligatorio. Vienen, nos dicen que digamos cosas de los compañeros y los jefes; todos decimos que nos llevamos fenomenal y nos caen genial y luego nos vamos a casa odiándonos cada día más. Los que imparten el curso merecen ejecución al amanecer. Y mis compañeros también. Pero da igual, es viernes, así que no me importa nada ahora…

—Bueno, tú haz lo que tengas que hacer, no vaya a ser que te despidan.

—Que sí, mamá, que está todo bien. Venga, hablamos…

—¡Y no tomes soja!

—Que no…

—¡Hasta luego, Cuquita!

—Adiós, mamá.

Mencía miró alrededor: la caspa de Luis, su compañero de trabajo, el mobiliario gris, los carteles fotocopiados que indicaban qué basura era orgánica o qué botón no tocar del aire acondicionado. Todo el ecosistema profesional le resultaba envilecido y triste y algunos de sus compañeros directamente merecían pena de muerte; el resto prisión permanente revisable, sin duda.

Era tarde para tomar otro café, así que fue a la máquina de *vending* a por un Kit Kat, que salió frío y duro como si fuera de acero.

El chocolate que se deshacía sensual entre las encías y en la lengua era el único bienestar laboral que conocía. Las láminas finas, que crujían tímidas, y el gusto azucarado que se acoplaba en el paladar… Era uno de los pocos goces de esa oficina mustia con gente pardusca vestida con pantalones feos y miradas muertas.

TARDE DEL VIERNES 20 DE JUNIO DE 2025

—¿Quieres leerla en alto?

—No sé… O sea, ¿cómo se lee esto? ¿En bajito?

—No —se sonrió la terapeuta—, me refiero a si quieres leer la carta y que yo la oiga. El ejercicio era escribir a tu «yo» del pasado, y eso ya lo has hecho. Es solo si quieres compartirlo.

Mencía bajó la mirada para subirla después, apuntando al cielo, que era un simple techo blanco.

—Sí. Sí, yo la leo. A ver, ya que la he escrito… pues la leo.

Pilar, con gafas de mil dioptrías y media vida de escucha empática, miraba con orgullo profesional. Hizo una mueca complaciente, como si diera paso a un recital de poesía, a un coro celestial o a la mismísima Orquesta Sinfónica de Praga. Subió el dedo índice por el entrecejo para ajustarse las gafas y Mencía pensó para sus adentros que si se le rompían, en Carglass se las podían cambiar en media hora.

Su voz, precedida de un carraspeo del todo innecesario, leyó impostada:

> Tía, vas a flipar.
>
> Te cuento esto desde 2025. Sí, sigues viva en 2025. Estás más gorda, pero no te has muerto. Pero lo más loco es lo que ha pasado en el mundo los últimos años.

Para empezar, ha habido una pandemia, una cosa muy fuerte que nos tuvimos que quedar en casa sin poder salir y luego con mascarillas todo el rato y después no se podía entrar en los bares...

La música latina resulta que es lo más. Pero no solo en España. ¡En el mundo entero! Es una locura. Vas por la calle y suena reguetón. Vas a un bar y reguetón. Bueno, el reguetón es como el estilo más extendido, pero vamos, que sé que no te lo vas a creer.

Y la ropa: la ropa es una absoluta locura. Hay tiendas en las que te puedes vestir por lo que te cuesta un desayuno. Increíble. Hay ropa y ropa y ropa... Puedes elegir lo que quieras. Las tiendas no están solo en la calle. También están *online.* No te explico lo que es *online* porque te explota la cabeza.

Aunque bueno, no sé a qué Mencía estoy escribiendo. Porque Pilar me ha dicho que «a la Mencía joven». Pero joven puedes ser un bebé o joven mayor, que si es así, a los dieciocho o veinte años ya sabes lo que significa *online,* ¿no?

El caso es que puedes comprar lo que sea desde el ordenador y desde el móvil. Que esa es otra... El móvil es una cosa que miras 4 horas y 33 minutos en un día. (Bueno, en realidad son las 10 de la noche y ese es el tiempo que lo he usado hoy).

Total, que dentro del móvil tienes redes sociales, juegos y *apps* para salir guapa en las fotos... Es que si te explico lo que son las *apps,* esta carta no acaba.

Entonces, nos pasamos el día cotilleando lo que hace la gente. Pero los amigos, la familia y también los famosos, ¿eh? Y hay gente que es famosa solo por tener muchos seguidores. Resulta que es una cosa que se llama «redes sociales», y ves fotos y cosas que pone la gente. ¿Sabes Verónica Gómez? ¿La chulita de la clase? Pues tiene 107 seguidores en Instagram. ¡Y yo tengo 441! Y, además, se puso labios y parece un mero. Pone fotos de sus hijos todo el rato, pero al marido no lo saca nunca. Debe de ser feísimo.

Me encantaría hacerte llegar esta carta de alguna manera, para que en vez de estudiar Derecho y acabar con esa rata de dos patas que se llama Ramiro, te dediques al negocio inmobiliario de los tíos. ¡No veas el pelotazo que dieron! La prima Raquel está forrada la tía, y tiene a más de 200 personas trabajando para ella.

Y te diría también que no te dejes flequillo, que te queda fatal.

Adiós, Mencía.
Firmado: Mencía

Apagó el móvil y miró a la psicóloga. Hubo un intercambio de miradas, solo en apariencia tiernas.

—A ver, el ejercicio consistía en decirle a tu «yo» del pasado qué cosas merecen su atención o qué le debe preocupar y qué no… A nivel emocional, todas tenemos mucho que aprender y es necesario entender y querer a esa niña que fuiste, pero también que te des cuenta de qué cosas te han alejado de tus propósitos vitales y cuáles te han acercado a ellos. ¿Me explico?

—Ya, no lo he pillado, ¿no?

—Lo que quiero es que comprendas que tienes que profundizar un poco: pensar de dónde vienen las reacciones que tienes, la gestión que haces de la frustración… Y para eso es necesario… ¿cómo te diría? Un poco de introspección. ¿Sabes? Más que hablar de cosas concretas, estaría bien que establecieras un diálogo interno con esa Mencía niña o Mencía joven.

Pilar buscó con la mirada una frase que parecía resistirse y dijo con tono pacificador al fin:

—La parte final. La parte final, donde le dices a tu «yo» que no debería estudiar Derecho, por ejemplo. Eso está bien. Me refiero a ese tipo de cosas: detectar qué decisiones podrían haber sido otras o cómo podrías mejorarlas. Se trata de pensar qué aconsejarías a esa Mencía del pasado, que la quieras, le agradezcas lo que haya hecho por ti y la perdones. Se trata de eso, ¿entiendes?

Entre las manos de Mencía reposaba el teléfono apagado, sobre el que repiqueteaba las uñas con nerviosismo.

—Te quería preguntar una cosa. ¿Por qué has escrito la carta con el móvil o con el ordenador?

Mencía abrió la boca, pero temía que hubiera una opción correcta de respuesta y otra no. No le dio tiempo a pensar una contestación ingeniosa, porque Pilar se apresuró a aclarar:

—Lo normal en la gente mayor, cuando les pido este ejercicio, es que traigan una carta manuscrita.

Mencía salió de terapia agradecida y ligera como siempre le pasaba en los diez primeros minutos, pero con una terrible sensación de fracaso: no se había ceñido en su escrito a lo que le había pedido la psicoterapeuta. Esto hacía que se sintiera una inútil, y la retrotrajo a pésimas experiencias vitales. A los exámenes que no salieron del todo bien en su época de estudiante por no leer bien los enunciados. Y a la web de Renfe. Y a la función escolar de cuarto de primaria en la que tenían que recrear la llegada de Colón a América y su madre la disfrazó de «hermano Pinzón» con una sábana a modo de túnica llena de pinzas. Por supuesto cayó en picado en la escala de reconocimiento social de la niñez y ya jamás remontaría.

NOCHE DEL VIERNES
20 DE JUNIO DE 2025

¡Viernes! ¡Viernes! ¡Viernes! El viernes era su día favorito de la semana, sobre todo en las noches de verano que empezaban con sol y brisa seca.

Madrid, agonizante, bellísima, acogía a hordas de transeúntes en constante y aparente despiste. Y las calles y las plazas de Lavapiés se llenaban de un bullicio manso.

Se mezclaban entre olores y personas Inés, Pablo, Debo, Santi, Martín y Mencía. Sentados en una terraza bebían cerveza que se calentaba enseguida, gesticulaban mucho y se interrumpían al hablar.

—¿Por qué hay tantos pijos hoy por aquí? —preguntó Santi.

—Mejor tener a los pijos tomando cañas que montando *startups* —respondió Debo.

—Mirad ese, el rubio.

—Bueno, es el usuario de iPhone medio, tampoco me produce ira homicida, la verdad.

—¿Que no, Debo? Tiene pinta de autodenominarse «disfrutón». Yo le aplicaba la doctrina Parot —apuntó Santi.

—Cosas peores nos hemos follado, seguro.

—¡Mucho peores! —respondió Mencía.

—¡Oye, Mencía!, ¿qué pasó con el tío ese de Tinder?

—¿Qué tío? ¡Ah, Javi tercero!

—¿Javi tercero?

—Claro, el primero fue el de Granada, que solo fueron tres citas. El segundo, que me tenía loca, era el de la polla inmensa que parecía un filete empanado.

—¿Quién parecía un filete empanado? ¿El tío o la polla?

—¡La polla! —contestó riendo Mencía—. Él en realidad también. Era muy chungo: yo creo que desayunaba cigarrillos y las almas de sus enemigos. Os lo conté. ¿No te acuerdas? Que al final volvió con su novia…

—Menudo imbécil —respondió Inés.

—Ya. Bueno. Pues Javi tercero me gusta lo justito, pero es de otro mundo. Sin gracia, no sé… Un poco penas. De estos que te cuentan sus desgracias al detalle, ¿sabes? También venía de una relación larga, de ocho años… Una lástima de persona.

—Es que no da tiempo a conocerse. Es decir, las relaciones son rápidas, superficiales… Y al final es más fácil que te enamores de alguien del trabajo que ves todos los días que pillarte por alguien de Tinder. Y no tenemos paciencia para…

Inés interrumpió a Debo:

—No estoy de acuerdo. Para nada. Si alguien es para ti, da un poco igual en qué contexto lo conozcas, ¿no? Si surge, va a surgir de todas formas. ¿Soy demasiado romántica?

—¡Sí! La gente ya no se conoce de una manera fortuita: antes ibas a un bar, te abrías, tonteabas… Ahora, ¿para qué? Quiero decir, ligas por Instagram, por *apps*… Ya no hay que esforzarse para acercarse a alguien. Lo tenemos todo a golpe de pulgar. Da un poco de miedo, porque al final tratamos a la gente como a una estantería KALLAX de IKEA. Cumplen su función y ya. Consumimos cuerpos como si fueran comida o ropa. Y a la vez, claro, nos convertimos en objetos, para que nos asignen un valor comercial. Es una mierda, pero es así. Y a saber cómo liga la gente joven.

—¡Joder, que tenemos treinta y siete! Bueno, treinta y ocho.

En ese momento apareció Lolo. Saludó con besos y abrazos, se sentó y repitió varias veces que se moría de sed. La camarera tardó un buen rato.

La conversación giró entonces hacia las altas temperaturas, las rojeces de la piel y los melanomas. Pero Mencía ya no estaba allí, en la silla metálica que le dejaba marcas en los muslos. Estaba con sus habituales pensamientos intrusivos: en esta ocasión sentía culpabilidad por haber mostrado la carta a su «yo del pasado» a través del móvil, no manuscrita. Lo había hecho mal. Las personas mayores como ella escribían en papel. Era evidente que había algo que estaba fuera de lugar y que su terapeuta Pilar se había callado. Se arrepentía sin saber de qué. Y no sabía cómo enmendarlo. Tenía que haber escrito otro tipo de cosas. Hablar de arrepentimiento y felicitarse por lo que había hecho en el pasado. ¿Qué coño tenía que agradecer a su yo del pasado? ¿Estrías y endodoncias? ¿Un sueldo miserable? ¿Incapacidad para hablar inglés fluido? Sentía haber decepcionado una vez más y no haber entendido el sentido del ejercicio.

Este automachaque, tan gratuito como habitual, provocaba en Mencía una cara de carnero atontado con los ojos perdidos.

—Las *apps* son solo una parte, lo que se ve. Pero lo que hay detrás es todo inmaterial… y van a dominar el mundo y van a dominar a los humanos.

Mencía miraba a Lolo, que no soltaba la Estrella Galicia que por fin le habían traído. No entendía de qué hablaban ahora.

Solo Santi parecía estar fuera del mundo y fuera de todo; miraba *stories* de Instagram.

Inés, como buena astrofísica y compulsiva consumidora de ciencia ficción, amplió la información:

—La tecnología no tiene por qué ser la enemiga, puede ser la aliada de los humanos. Somos los creadores, ¿no? O sea, no nosotros en concreto. Quiero decir que, si esto de la singularidad digital sucede, hay un vórtice de inteligencia artificial con los principios de la física donde se generaría una puerta a otro mundo…, otro paradigma.

—Perdona, me he perdido —dijo Pablo como si pensara por segunda vez en su vida—. ¿Qué es eso?

—¿Lo de la singularidad? Eso que… A ver cómo lo resumo: que el día que las máquinas sean capaces de autorrepararse, ampliarse o crear nuevas máquinas, ya no necesitarán a los humanos.

Se quedaron pensando en un futuro aterrador y del todo posible, e Inés continuó:

—Pero bueno, a lo que iba: que espacio y tiempo son conceptos humanos, no podemos dejar de ocupar un sitio y mover la materia a ese sitio, pero en otro tiempo. Pero esto es algo que una inteligencia artificial sí podría hacer.

Mencía, por costumbre y adicción, desbloqueó el móvil y miró las notificaciones.

Inés la miró con cara de ofendida.

—¿Ves? Depende del uso que hagamos de esto… Cuando viajaron a la Luna, tenían una tecnología inferior a lo que hay en ese teléfono.

Estiró el brazo y, mirándole a los ojos, le dijo a Mencía:

—¿Me lo das un momento?

Por supuesto, lo hizo, e Inés se fue a «ajustes» y toqueteó las capacidades del teléfono:

—Incluso con este aparato se podría mover la información a otro plano temporal.

Mencía sufría porque había dejado la pestaña con la carta en primer término y ahora mismo lo que más le podía avergonzar del mundo era que sus amigos vieran lo que se había escrito a sí misma.

Inés asentía mientras trasteaba con el móvil y todos la escuchaban embobados.

—Una IA puede viajar en el tiempo porque no tiene materia, ¿entendéis? Es energía, pero en una cantidad mínima. Y, además, podría alterar la noción del tiempo para que no hubiera paradojas.

—Claro, lo de encontrarse a uno mismo en el pasado —añadió Pablo, muy interesado en el tema—. Cuando tú vas a una época de hace tiempo, alteras todo lo que va a ocurrir. ¡Anda que no hay pelis de eso!, *Regreso al futuro, Doce Monos, Interstellar*...

—En teoría, las leyes de la física impiden que se pueda viajar en el tiempo. Es lo que se llama la «conjetura de protección de la cronología».

Mencía le hizo un gesto a Inés para que le devolviera el móvil, que le interesaba más que la ciencia ficción de borrachera. Pero su amiga estaba tan entregada que siguió hablando de viajes en el tiempo sin obedecer a la reclamación.

—Imagínate *Regreso al futuro,* sí: si, por ejemplo, viajas en el tiempo y haces que tus padres no se conozcan, o que tú directamente no nazcas, en realidad no tienes por qué desaparecer en este tiempo, porque somos energía. Como mucho cambias a otra cosa o de otra forma, pero no puedes dejar de existir porque ya existes aquí, ¿entiendes?

—No. Yo me he vuelto a perder —respondió Lolo.

—Si como humanos pudiéramos viajar en el tiempo, tendríamos que hacerlo ocupando varias líneas temporales. ¡Esto también sale en muchas pelis!

Todos asentían escuchando a Inés y su entusiasmo.

—Pero para viajar en el tiempo se necesitaría lo que se llama materia exótica, que es como… como energía negativa que hiciera de combustible.

—Joder, qué movida —dijo Debo al tiempo que Inés devolvía por fin el móvil a Mencía—. O sea, que hacen falta varias líneas cronológicas y energía negativa.

—¡Como la de José! —gritó Mencía.

Rieron. Incluso Debo, aunque el aludido fuera su exnovio.

Martín recordó una anécdota que recreaba a la perfección la energía negativa de José y Debo siguió atenta a la conversación sobre lo que creían que era ciencia ficción.

Mencía, con el teléfono en la mano y algo mareada por el alcohol, se veía incapaz de seguir a sus amigos. Al fin y al cabo, era la única de letras en aquella reunión y, tal vez, también la más beoda. Sin embargo, el resto siguió hablando un buen rato del tema. Interrumpió para decirles que tenían conversaciones de «fumetas», pero nadie le hizo caso.

Con la siguiente ronda, Inés les explicó el «principio de autoconsciencia de Igor Novikov», una tautología sin solución, que viene a decir que, si se lanzara una bola de billar a un agujero de gusano, chocaría consigo misma en el pasado, lo que supone un conflicto que le impediría haber entrado en primer lugar en ese agujero de gusano. Es decir, que si algo o alguien provoca un cambio en el pasado, la probabilidad de ese hecho es cero. Sería imposible, por tanto, que hubiera ni siquiera una paradoja en una secuencia de hechos temporales.

Mencía consultaba *stories* de Instagram cuando Inés concluyó diciendo que era evidente que tenía que existir un universo donde el tiempo fuera hacia atrás.

Pensó: «Vaya paranoia malrollera», pero, por supuesto, no dijo nada.

Esos temas no le interesaban; le provocaban angustia vital y una ansiedad muy poco llevadera. Cuando le sobrevenía la ansiedad los domingos de resaca, veía los telefilmes de Antena 3 para no pensar. Pero ahora la única forma de evadirse de las ideas negativas, discusiones o jeroglíficos y resistirse con fiereza a los cambios era consultar las redes sociales. Mencía había luchado mucho por sus zonas de confort y quería alejarse lo mínimo de ellas.

Quería jarana.

Y la tuvo.

MADRUGADA DEL SÁBADO 21 DE JUNIO DE 2025

A la una y media estaba con sus amigos en el Club Malasaña escuchando una música envilecedora bajo los efectos de varias sustancias psicoactivas de escasa pureza y precio a todas luces exagerado.

A ratos hablaban de manera inconexa, a ratos bailaban (desacompasados y mal) y, también a ratos, fumaban en la calle y trababan amistades tan efímeras que se diluían al instante y jamás iban a recordar.

Fue en la calle San Vicente Ferrer, en un lapso de tabaco y conversación errática, cuando apareció un grupo de gente gritona y espigada. Parecían la berrea del ciervo rojo, con voces graves y movimientos espasmódicos.

Alguien pidió fuego a alguien. Unos hablaron con otros. Se mezclaban todos.

La madrugada y la apertura etílica forzó un encuentro insensato de almas ociosas y atropelladas que culminó con unas caladas de algo que fumaban los recién llegados.

Eran dos chicas y un chico, rondaban los treinta y hablaban a la vez. Desaparecieron igual que llegaron: entre nicotina y falta de juicio.

—¿Cómo se llamaba eso que nos han dado? —preguntó Pablo.

—DMT —respondió Debo.

El color naranja vibraba con un brillo nuevo; también el verde. Y el espacio se ensanchaba en un oleaje cada vez más curvado.

El suelo crecía en dimensiones chisporroteantes a derecha e izquierda.

Mencía miraba la calle que antes era apretada y gris y ahora se abría en tonos dorados como si fuera Versalles. La voz de Pablo tenía agujeros que se veían al detalle como lunares estampados en plata. Todo estaba allí.

Los colores y las luces perdieron protagonismo y, al cabo, se lo cedieron al lenguaje y al entendimiento. Todo tenía una comprensión lógica. La plasticidad era solo una excusa, un simulacro de una verdad sobrecogedora. «No existe la realidad —pensó Mencía—, es la realidad misma».

Veía la fuerza como motor. Veía conceptos, palabras imposibles de escribir. Veía dentro y veía fuera. Se sintió como su tía Mercedes cuando cenaron en La Tagliatella y se levantó a cada tanto para cotillear en la cocina desde la puerta y comprobar si la pizza era casera.

Convencida de que sus ideas eran muy elaboradas e intelectuales, Mencía pensó: «La energía no se puede ver y, sin embargo, lo es todo. La definición de las cosas se queda corta para nombrarlas».

Comprendía por primera vez la vida, mientras se evaporaba en partículas infinitas.

Habían transcurrido entre cinco minutos y dos años cuando notó que alguien la miraba. Se sentía como una masa densa, como si estuviera hecha de chicle. Aterrizó en un lugar sin corporeidad. Cada átomo propio le parecía una pesa del gimnasio y, a la vez, la atmósfera era como la de un día soleado con nubes pequeñas.

De hecho, al mirar las nubes se convirtieron en manchas que parecían monedas negras, pero en realidad tenían un volumen más parecido a piedras oscuras de río. Se abultaban por arriba y dejaban aparecer unos duendes extraterrestres. Evidentemente, Mencía no trataba con seres mágicos ni de lunes a viernes ni en fin de semana, pero le pareció habitual y cómoda su compañía.

Por un momento pensó que los conocía. ¿Acaso se había liado con alguno? ¿Se parecían a algún compañero de trabajo? ¿Alguno había ganado el rosco de Pasapalabra? En realidad, le eran familiares y cercanos sin explicación aparente. Es más, le proporcionaban una gran paz y se sentía protegida. Eran —lo vio claro al momento— transmisores del conocimiento. Unos seres excepcionales a los que les hubiera confiado mil euros de haberlos tenido.

En aquella frecuencia la comunicación no precisaba de lenguaje. Ni siquiera hablaban como los humanos. Estaban en sagrada comunión y perfecta quietud.

Aquellos seres pequeñitos animaban, contenían y compartían una ingente sabiduría tranquilizadora.

Todo estaba contenido ahí y la vida en expansión era asumible y bonita.

Comprendió que no había nada que temer. Ni entonces ni nunca. Aunque «nunca» no tenía un significado real. Los duendes le dijeron que confiara en ella, que estaba bien donde estaba, que pertenecía a un sistema que en realidad estaba en orden, aunque pareciera caótico.

Efectivamente, a Mencía sus preocupaciones por la dieta o las citas Tinder le parecieron tonterías. Su madre y su hermana no eran enemigos a batir, sino personas por las que sentir a veces cariño y a veces risa.

Aquellos seres quitaron importancia a los problemas, como si ya no existieran. Y después de muchos minutos, y tal vez horas, de sintaxis de colores, empezaron a alejarse y despedirse. «Guárdate el misterio, lo vas a olvidar a tu regreso». Un amor abrumadoramente hermoso pesaba en el aire.

Pensó Mencía: «No voy ciega: es el universo el que ha venido a mí», y comprendió que existía otro mundo en otro plano. Movió el cuello a un lado y a otro y se coloreó el fondo hasta dibujar la calle San Vicente Ferrer. La gente se movía de un lado a otro, y Debo estaba sentada a su lado.

Hablaron con métrica y voces humanas, como acostumbraban a hacer en la vida a diario. Pero ambas habían incorporado una vía de comunicación nueva.

Se recompusieron poco a poco, se reencontraron con Inés y Lolo y después con Pablo, que apareció a pie saliendo de la calle Corredera Alta.

Santi y Martín salieron de las tripas del Club Malasaña como si volvieran de su propio parto.

Aterrizaron todos sin hablar de la experiencia, pero muy conscientes de que la habían vivido... Fumaron mucho y bebieron algo.

Pasada una hora se preguntaron por lo ocurrido y solo acertaron a utilizar la palabra «embrujo» para describir la experiencia. Claro que también un chollo de Amazon, un vapeador con sabor a uva o un encuentro sexual era para ellos un embrujo.

Inés, que miraba como una lechuza asustada, terminó por monopolizar la conversación, explicó teorías de hongos alucinógenos y contó lo que había vivido: había subido a lomos de un mamífero volador y vio pequeños lagartos «muy divertidos» —apuntó— que le gastaban bromas y le decían que ella les importaba mucho. Volvía con tranquilidad a la vida. Dijo estar en paz consigo misma.

Los demás tuvieron experiencias parecidas, y cuando Mencía empezó a sentir una jaqueca y un cansancio muy humanos, se fue a casa a dormir. Sin pereza ni remordimiento, con aplomo y sosiego.

MAÑANA DEL SÁBADO 21 DE JUNIO DE 2025

Lejos de la habitual resaca pastosa, Mencía estaba descansada y mullida por dentro. Las sábanas tenían un tacto y un color diferente. Así lo pensó dormida y así lo corroboró al despertarse. Abrió los ojos y los cerró. Se desperezó y palpó la cama con pacatería infantil.

No recordaba haber cambiado las sábanas, pero debió de llegar muy perjudicada por la noche y por alguna peregrina razón puso otras nuevas.

Recordó entonces la experiencia lisérgica: conforme visualizaba lo vivido el día anterior le entraba un arrepentimiento indefinible y habitual.

Se estiró como se estiran los gatos mestizos al atardecer. Los músculos se le tensionaban y los pensamientos parecían más dislocados y miopes que de costumbre.

«Es sábado», pensó. Y una tranquilidad occidental le coloreó el alma. Cerró los ojos y trató de dormir, pero cuando estaba cerca del sueño, sin razón, como hacía casi todo en la vida, abrió los párpados y miró el móvil.

Vio dos whatsapps del grupo del gimnasio que preguntaban por su ausencia, un audio de su madre y conversaciones atropelladas en el chat Tempus Fugit que comentaban lo vivido unas horas antes.

Decidió no ducharse. Su única motivación era que nadie iba a enterarse.

—Qué resaca, joder. Y qué fuerte lo de ayer. Flipo con lo que nos dio esa gente. Es que… no sé, ahora es como si me lo hubiera imaginado. Pero a la vez estoy súper tranquila. Como si de verdad hubiera hablado con extraterrestres. Hostia, debo de estar volviéndome loca.

Después de enviar el audio miró alrededor, como si su habitación fuera un supermercado atestado de productos de marca blanca. Sin soltar el móvil caminó aturdida y chequeó no haber enviado algún mensaje inconveniente a Javi segundo, tal y como venía sucediendo en las últimas semanas en cuanto perdía el oremus por culpa del alcohol.

Esta vez no, menos mal.

El fin de semana anterior le había enviado varios deseos sucísimos encerrados en crípticas frases que pretendían ser seductoras, pero parecían —como en efecto eran —producto de una borrachuza en un momento de calentón etílico.

Pidió comida grasienta, chateó y dormitó alternando una y otra actividad, y, como un mensaje en morse, estiró y acortó una y otra actividad a lo largo de un sábado ingrávido y torpe.

MAÑANA DEL DOMINGO
22 DE JUNIO DE 2025

Un activismo antihigiénico se instaló en Mencía y en sus ideales: no tenía intención de ver a nadie. No necesitaba ducharse.

El pelo grasiento en la raíz y seco en las puntas se le acumulaba en hileras sin forma. Hubo de recogérselo en una coleta mientras tomaba un café en el balcón. Scrolleaba el Instagram hacia arriba como si fuera la ruleta de un hámster vigoréxico.

Apareció una notificación: «Tienes un MMS».

—¿Qué coño es un MMS? —se preguntó en voz alta mientras lo abría. Era un mensaje que decía que tenía una imagen (que no estaba o no se podía abrir) y un texto que leyó hasta cuatro veces en diez minutos:

Madrid, 10 de noviembre de 1999

Por lo visto, ha llegado la fecha en la que se separan nuestras vidas. Se ve que desde donde estás yendo hacia atrás en el tiempo, hay dos posibilidades de vida, dos pasados tuyos: el que has provocado enviándome esta carta y el que ya ha ocurrido donde tú estás (o sea, cuando tú estás, quiero decir). No entiendo muy bien estas cosas, que ya sabes que soy de letras. Bueno, no soy de nada, porque he sacado un 3,75 en Lengua. Me entraba la Generación del 27 y fatal, no puse a Dámaso Alonso ni a Luis Cernuda.

El caso es que te escribo en respuesta a tu carta, que me ha llegado al ordenador de casa. Dice Nacho que es un tipo de viaje en el tiempo... Nacho, el empollón de clase, te acuerdas de él, ¿no? Escucha La Oreja de Van Gogh todo el día y nos dimos un beso en la Fiesta de la Primavera. Espero que te acuerdes. Por supuesto, no le he dicho nada de esto a mamá ni a nadie más...

Si es una broma, olvida esta carta. Si es en serio, busca la forma de comunicarte conmigo. No debe de ser difícil si Nacho ha abierto no sé qué puerta temporal con el ordenador del cíber donde estoy ahora.

Cuéntame si mamá está viva en el futuro y si sigue tan pesada. Cuántos hijos tienes, cómo es tu casa, en qué ciudad vives y cómo es tu marido. Y cómo ganar dinero rápido, el Gordo de este 1999 o algo así. Y qué te cayó en Selectividad. Esto es muy importante, por favor.

En lo del flequillo tienes razón, me lo voy a quitar ya mismo. La historia es qué hago mientras crece el pelo, porque tardaré meses en poder ponerlo detrás de la oreja. Gracias por toda la información. Dame más, por favor.

P. D.: Lo de la música latina no me lo creo. ¿La gente escucha a Juan Luis Guerra todo el rato en el futuro o cómo es eso?

Adiós, Mencía.
Firmado: Mencía

Antes de empezar la quinta lectura, mandó un audio a Inés:

—Inés, tía, que me ha pasado una cosa muy fuerte. A ver, es como una broma... Joder, vas a flipar. Que alguien me ha escrito haciéndose pasar por mí. O sea, por mi «yo» del pasado. ¿Sabes? Es como... Como respondiendo... A ver, yo el viernes, o sea, antes de ayer, estuve en terapia,

¿vale? Y escribí una carta a la Mencía del pasado. Nada, todo normal, con el móvil y eso. Pero ha cogido alguien y me ha contestado haciéndose pasar por mi «yo» del pasado. ¿Entiendes lo que te estoy contando? O sea, una rayada. Me han mandado un mensaje, un MMS, pero pone «emisor oculto». Y he intentado responder, pero me dice que no puedo acceder. O sea, en el móvil me aparece «destinatario fallido». Y claro, a ver ahora cómo averiguo quién ha leído mi carta a mi «yo» del pasado, que la tengo aquí en el móvil. ¿Cómo puede ser? Bueno, ya me dices, porfa, tú que sabes de estas cosas, explícame. Venga, gracias. Hablamos.

Mencía sintió el sabor del aire con una espesura nueva. Algo que no acertaba a pronunciar había cambiado en ella. El olor a comida y lejía del patio de vecinos la devolvió a su dormitorio, a la silla que era un limbo abarrotado de camisetas «a medio usar» y el suelo lleno de ropa para lavar. Miró el montón de prendas y pensó en lo que para ella era el ciclo de la vida: generalmente, poner y quitar la lavadora le ocupaba hora y media, tenderla veinte minutos y doblarla y guardarla entre diez y veinte días hábiles.

Las córneas se le quedaron atrapadas en las camisetas de la silla, y con los párpados rígidos pensó en el mensaje. Nadie de su entorno conocía a Nacho, el empollón. Solo su hermana Susana. Pero ¿cómo podía saber lo del beso en la Fiesta de la Primavera?

Y así, suspendida en el aire con las piernas que casi tocaban el suelo, pensó que la broma de Susana no tenía gracia ni propósito.

TARDE DEL LUNES
23 DE JUNIO DE 2025

Inés tenía el caprichoso don de elaborar teorías de lógica aplastante. Y también sabía exponerlas con convicción de político experimentado.

Había dicho que el mensaje lo había escrito, en efecto, Mencía, pero lo tenía que haber hecho bajo los efectos de la DMT y por eso no lo recordaba.

Era la opción más lógica, dado que habían hablado de viajes en el tiempo apenas unas horas antes. Existía la posibilidad de que en su subconsciente hubiera quedado un poso que afloró descontrolado al llegar a casa todavía perjudicada.

Mencía, aturdida por una jornada laboral hueca y absorbente como una esponja para bebés, miraba con admiración a su amiga.

Las manos de Inés se movían con ritmo esperanzado, y acompañaban al acento andaluz, que no había perdido.

La media melena y el flequillo le daban un aire casi infantil. Pero sus palabras, rotundas y llenas de ironía, llegaban muy dentro travestidas de certeza:

—El subconsciente maneja códigos muy locos. No sabes lo que hay en tu cabeza hasta que no sale fuera. Y si encima no te acuerdas, pues normal que flipes. La historia es…

¿cómo irías de ciega para enviarte un mensaje a ti misma desde tu móvil? Lo que me raya es que no permita que te contestes. Pero qué voy a saber yo, que soy pobre y andaluza.

—Vale, no ha sido mi hermana; he sido yo… Pero ¿por qué iba a hacer yo eso? Es decir, ¿qué coño tengo en la cabeza? Mi subconsciente debe de ser una puta Thermomix preparando un potaje. Mmmm… ¿Qué le digo a la psicóloga? Porque se lo tendría que contar, ¿no? Y no le puedo decir que nos pusimos como El Cigala y me contesté una carta que no recuerdo haber escrito…

—No, claro. O bueno, sí. Se supone que tienes que contar la verdad en terapia, ¿no? ¿No le dices que te drogas?

—Bueno, es que ella tampoco me lo ha preguntado.

—Ya.

—Pero qué retorcida debo de ser para mandarme una carta y luego contestármela, ¿no? ¡Ay, espera, un audio de mi madre!

Mencía le dio al play.

—Hola, Cuquita. Oye, que estoy muy preocupada, porque se ve que la contaminación ambiental nos afecta mucho más de lo que pensamos. Y aquí en Madrid es un desastre cómo está el asunto. Y resulta que una de las cosas es que se cae el pelo. Y justo hoy, que me he lavado el pelo al ducharme, porque yo solo me lo lavo dos veces por semana, normalmente me ducho sin mojarme el pelo. Bueno, pues resulta que al lavármelo digo: «Uy, esto no es normal lo que se cae». Y lo he mirado en Internet y justo. Justo lo he encontrado: ¡que se nos cae el pelo por la contaminación! Así que estoy buscando ahora remedios para frenar esto. La caída del pelo, digo. Porque contra la contaminación no puedo hacer nada. O sea, puedo, pero no se va a notar. Que reciclen las fábricas y las empresas, que yo ya separo la basura orgánica y de todo. Así que hija, ten cuidado con la contaminación, ponte un sombrero o algo, tú que eres de pelo fosco, y ya cuando puedas vamos a algún lado a respirar aire puro que se nos ponga el pelo fuerte. Venga, ya hablaremos. Come bien, ¡y no tomes soja! Me preocupo por ti, porque tienes que dejar de vivir como si tuvieras dieciocho años. Un besito, mi amor.

TARDE DEL JUEVES
26 DE JUNIO DE 2025

—¿Te vas ya, Mencía?

—Sí, he quedado con mi marica de guardia.

—Pero ¿has dejado el informe hecho?

—Sí, lo tienes en la carpeta. Ya lo miramos mañana si quieres. ¡Venga, hasta luego!

Pablo y su mirada ávida fueron a recoger a Mencía al trabajo porque él necesitaba aliviar el decimocuarto desengaño amoroso del año.

Pablo giraba el torso y los hombros cuando solo era necesario mover el cuello, pero su cuerpo, igual que su mente, era un bloque compacto. Tenía melancolías primermundistas y cercanas, aunque enmascaraban la más clásica de las tragedias del hombre que lucha contra sí mismo y está solo ante los elementos. Concretamente ante una lista de la compra con nombres masculinos tachados.

—Pero ¿qué te ha dicho?

—Nada. Él solo me ha dicho que prefiere no verme en un tiempo. Y claro, yo le he dicho que lo respeto, pero yo quiero seguir viéndole.

—Pero, entonces, ¿quién lo ha dejado?

—A ver, Mencía, no lo ha dejado nadie porque no tenemos nada. Pero yo le he dicho que me estaba agobiando con esta situación, que me angustia que me escriba diciendo «¿qué haces?». Y que prefiero quedar solo para follar. Y ahí ha montado un poco de drama, diciendo que él se estaba pillando y que creía que teníamos algo más... más sólido, más serio. Y yo: «Pues es que eso es lo que no quiero», y entonces es cuando le he dicho que guay seguir viéndonos y él me ha dicho que no, como dando a entender que o estamos juntos o nada. Como que él no quiere que nos veamos para follar. Solo le vale ir en serio o nada. Pues mira, lo siento...

—Joder, pero siempre te pasa lo mismo. Se pillan por ti a saco, ¿qué les das?

—No, joder, pero es que la gente quiere, no sé, un marido...

—Pues yo creo que sí. Que no lo dicen, o no lo decimos, pero en el fondo lo que queremos es un marido. Tú también.

—¿Qué dices?

—Sí, Pablo... Te pasa como a mí, que tenemos una lucha interna y un come come ahí... Que nos repugna tener que conformarnos con una polla y la monogamia y esas cosas, pero en el fondo nos morimos por encontrar a alguien que nos haga la cena al llegar a casa.

—O peor, ¡al que hacerle la cena!

—¡Total! —respondió Mencía casi riendo—, alguien que te diga «hazme croquetas, puta», y te humille un poquito en la cama.

—Yo, en realidad, es lo que quiero —replicó Pablo con la sonrisa colgando—, pero claro, para eso hay que hacer muy buen casting y, por ahora, los que conozco solo me valen para... Es que ¿sabes?, tener pareja es una renuncia. Y no quiero renunciar. Yo lo quiero todo, joder... Y claro, todo no se puede.

«Todo no se puede» reverberó un rato en la cabeza de Mencía, como un mantra de capital simbólico o una religión a la que adscribirse. «Todo no se puede», pensó morfológica y sintácticamente. «Todo no se puede».

Llegó un mensaje en formato imagen, un MMS, que solo tenía texto, al terminal de Mencía, que, conforme leía, forzaba más los ojos:

Madrid, 16 de noviembre de 1999

Hola, Mencía mayor:

Te escribo otra vez desde el pasado que has generado nuevo y que es obvio que no recuerdas. Dice Nacho que utilices el mismo método de la otra vez para comunicarte conmigo. No creo que sea muy difícil. No hay que resolver un logaritmo neperiano para mandar una carta si has sido capaz de hacerlo tú sola, ¿no?

No tengo prisa por que me digas cosas del futuro ni nada de eso, pero lo que sí me urge un poquito es lo de la Selectividad, para poder pasar un poco de las clases con cosas que no vayan a entrar y centrarme en lo que vaya a caer. Si te acuerdas, porfa, mándame las dos opciones de cada asignatura, así voy eligiendo.

Por aquí todo igual, ya sabes, mamá con sus cosas, Susana insoportable. ¿Es igual de gilipollas en 2025?

Llevo toda la semana buscando información sobre viajes en el tiempo. Por supuesto, es imposible. Eso dice Nacho. Pero si podemos tener comunicación, tenemos mucho ganado. Yo lo que quiero es sacar tajada de esto. Es decir, si explicamos lo que hacemos o lo patentamos o algo, igual podemos ganar tanto dinero como dices que han ganado los tíos. Aquí en 1999 son unos desgraciados. La prima Raquel es una perdedora que flipas. Mucho tienen que cambiar las cosas para lo que me cuentas. El otro día se presentó en la comunión de la prima Sara con un vestido que es delito en 39 países.

Parecía que venía de rebuscar en el punto limpio. Súper fuera de lugar todo.

Por lo demás, voy a cuidarme para no estar gorda como tú. Aunque supongo que será por los embarazos. ¿Cuántos hijos tienes? ¿Cómo se llama tu marido? ¡Cuéntame cosas de 2025!

No tengo intención de estudiar Derecho y estaré prevenida ante el tal Ramiro cuando se presente, pero por favor, dame más datos, que tenemos que aprovechar esto.

Cuéntame cualquier cosa que recuerdes que me pueda ser útil: qué cosas van a pasar, qué famosos se van a olvidar y cuáles lo van a petar... Acontecimientos importantes con fechas concretas, por favor. Y sobre todo lo de la Selectividad, porfa. Mándame otra carta con toda la información que puedas. De música latina y de todo lo que me contaste. Gracias.

Ahora me voy a la biblioteca de Santísima Trinidad a hacer un trabajo de Biología. Con Marta, Pedro E., Cris y Álvaro. Qué pereza todo. Qué ganas de ser mayor y ganar dinero de una puta vez. Escríbeme, anda.

Adiós, Mencía.
Firmado: Mencía

—¿Todo bien? —preguntó Pablo más sorprendido que preocupado.

—Hostia puta. Que me ha escrito mi «yo» del pasado.

—¿La broma esa que contaste en el chat?

—Que no, que no es una broma... Yo no puedo haber escrito esto. O sea, no puedo ahora. Ha sido otra «yo», Mencía joven. O sea, me muero, Pablo, me muero.

Pablo alargó la mano y leyó el MMS con expresión dubitativa.

—Esto te lo ha mandado alguien, solo tienes que responder y ya está.

Mencía, muda como una semilla sin germinar, escuchaba a Pablo, que trasteaba con el móvil.

—Mira, pone «emisor oculto», qué listos. Esto es la típica triquiñuela de primero de «hackeamiento». No se puede responder. ¿Ves?: «Destinatario fallido». Claro, es eso. Alguien que te está tomando el pelo. Mira, buscamos a alguien que sepa de estas cosas y pillamos al imbécil que te está troleando. En mi curro hay una tía que sabe de…

—Mi prima Raquel fue a la comunión de Sarita hecha un cuadro renacentista. O sea, ¿quién puede saber eso? ¡Eso no lo sabe nadie porque no lo he comentado con nadie! Igual mi hermana o mi madre… Pero seguro que les pareció que iba monísima y ni se acuerdan. A ver, es que a mí se me quedó grabado ese vestido. ¿Me entiendes? Es que tenía como cenefas y gárgolas que le salían del cuello ¡Es que esa persona que escribe soy yo!

—Vale, a ver, cálmate. O sea, ¿no puede ser que en un delirio te hayas escrito este mensaje?

Mencía volvió a interrumpir, esta vez gritando:

—Pero ¿cómo me lo voy a escribir yo si estaba aquí hablando contigo de que queremos un marido al que hacer croquetas de cena y que nos llame «putita» en la cama?

Los comensales de las dos mesas contiguas en la cafetería se giraron al oír la última frase y Mencía, al darse cuenta, bajó el tono.

—Pablo, tío, esto no puede ser una broma. Esta soy yo enviándome cosas desde el pasado, que me conozco.

—Pero, a ver, ¿tú recuerdas haberte escrito al futuro?

—¡No!, pero ella me lo explicó, o sea, yo me lo expliqué en el anterior mensaje: que yo recuerdo un pasado que me ha hecho llegar hasta aquí, pero que mi carta que le llegó a ella está generando otro futuro. Como un tiempo paralelo, ¿entiendes? Hostia, yo no lo entiendo. Joder. ¿Qué hago?

La voz de Mencía se quebró:

—¿Qué hago? Es que te juro que esto me lo ha mandado una «yo» mía del año 1999. ¡Me voy a volver loca del todo!

Se sintió paralizada, como cuando ante la cajera del súper tenía que sacar la tarjeta, pagar, meter los productos en la bolsa, coger el ticket y soportar las miradas de desaprobación de la gente que hacía cola. La misma sensación de agobio vital.

Pablo, que andaba bien de recursos emocionales, solo alcanzó a abrazarla como un koala a mediodía:

—Tranquila. Tiene que haber una explicación… Ya la encontraremos, con calma.

TARDE DEL VIERNES
27 DE JUNIO DE 2025

El calor prevacacional empezaba a escocer y Mencía, ya siempre con coleta, sudaba hasta la irritación. Había convocado una asamblea general extraordinaria para tratar el tema de los mensajes con sus amigos, que eran a su vez (y como sucede casi siempre) las únicas personas acreditadas para opinar sobre su vida.

Inés, Pablo, Debo, Lolo, Santi y Martín, además de Mencía, eran los miembros del chat Tempus Fugit y los invitados al pleno de aquella tarde.

Antes de que llegara Pablo, tarde como acostumbraba, se pusieron al día de gestas y decepciones sexuales.

Mencía no puso excesiva atención en las historias de Santi, una vez más protagonizadas por latinas, pijas y jóvenes. Tampoco en los lamentos de Martín, hastiado del Tinder y los bares. La preocupación de Mencía, parda y espesa, era la gestión de su «yo» del pasado. Llevaba veinticuatro horas al borde de la ansiedad sin terminar de habitarla. Lo más cercano a esta angustia existencial que había vivido era el momento en el que los pasajeros de un vuelo se ponían de pie tras el aterrizaje y le tocaba esperar sentada a la altura de los culos de los demás.

Jaleaban todos a Lolo, e insinuaban que su novio Pedro no existía, porque nadie lo había visto nunca. Ni la chanza ni las risas de los demás pudieron sacar a Mencía del ensimismamiento.

Era un cadáver en una fiesta diminuta; una flor seca en un parador segoviano. Oía las descripciones inventadas de Pedro y las excusas de Lolo para no presentarlo… pero solo le llegaba un dolor ácido y sin romper entre las sienes.

Pensó que era la única preocupación cabal. Esto y el calor del que tampoco podía librarse.

Pablo llegó casi media hora tarde, con un inmaculado pantalón blanco y una sonrisa adriática de inocencia.

—Pedimos otra ronda, ¿no? —dijo Debo, siempre tan preocupada por los demás.

Y al fin, con siete comensales y siete cervezas, se dio por inaugurada la junta.

—Es un troleo, está claro —dijo Santi releyendo la última misiva.

—Yo no lo creo… —replicó Debo—, pero, Mencía, deberías pasarnos la carta que escribiste tú.

—Paso, ya os dije que no. Es bochornosa.

Debo la miraba como si fuera un jarrón etrusco en una exposición.

—Venga, vale —cedió Mencía ante ninguna presión—, os la paso por el chat. Bueno, no, os la enseño en mi móvil.

—Pero ¿por qué te da vergüenza?

—Joder, porque me lo pidió la terapeuta. O sea, me pidió una carta a mi «yo» del pasado y yo no me enteré bien de lo que quería. Por lo visto era una carta manuscrita y que hablara de decisiones que podrían haber sido otras, o decisiones mejores. Ella pretendía que yo le aconsejara y entendiera a la Mencía joven. Pero yo pensé… eso, que era una carta contándole lo que había pasado en el mundo... Por lo visto tenía que ser un rollito introspección y un diálogo interno con mi «yo» joven. Pero ¿cómo coño lo iba a saber yo si no me lo explicó?

—Venga, léela. O déjamela y la leo yo.

—No, quita, Martín, ya la leo yo.

Mencía carraspeó como hizo ante la psicóloga y recitó la carta intentando entonar con corrección y respirar en cada punto:

Tía, vas a flipar.

Te cuento esto desde 2025. Sí, sigues viva en 2025. Estás más gorda, pero no te has muerto. Pero lo más loco es lo que ha pasado en el mundo los últimos años.

Para empezar, ha habido una pandemia, una cosa muy fuerte que nos tuvimos que quedar en casa sin poder salir y luego con mascarillas todo el rato y después no se podía entrar en los bares...

La música latina resulta que es lo más. Pero no solo en España. ¡En el mundo entero! Es una locura. Vas por la calle y suena reguetón. Vas a un bar y reguetón. Bueno, el reguetón es como el estilo más extendido, pero vamos, que sé que no te lo vas a creer.

Y la ropa: la ropa es una absoluta locura. Hay tiendas en las que te puedes vestir por lo que te cuesta un desayuno. Increíble. Hay ropa y ropa y ropa... Puedes elegir lo que quieras. Las tiendas no están solo en la calle. También están *online.* No te explico lo que es *online* porque te explota la cabeza.

Aunque bueno, no sé a qué Mencía estoy escribiendo. Porque Pilar me ha dicho que «a la Mencía joven». Pero joven puedes ser un bebé o joven mayor, que si es así, a los dieciocho o veinte años ya sabes lo que significa *online,* ¿no?

El caso es que puedes comprar lo que sea desde el ordenador y desde el móvil. Que esa es otra... El móvil es una cosa que miras 4 horas y 33 minutos en un día. (Bueno, en realidad son las 10 de la noche y ese es el tiempo que lo he usado hoy).

Total, que dentro del móvil tienes redes sociales, juegos y *apps* para salir guapa en las fotos... Es que si te explico lo que son las *apps,* esta carta no acaba.

Entonces, nos pasamos el día cotilleando lo que hace la gente. Pero los amigos, la familia y también los famosos, ¿eh? Y hay gente que es famosa solo por tener muchos seguidores. Resulta que es una cosa que se llama «redes sociales», y ves fotos y cosas que pone la gente. ¿Sabes Verónica Gómez? ¿La chulita de la clase? Pues tiene 107 seguidores en Instagram. ¡Y yo tengo 441! Y, además, se puso labios y parece un mero. Pone fotos de sus hijos todo el rato, pero al marido no lo saca nunca. Debe de ser feísimo.

Me encantaría hacerte llegar esta carta de alguna manera, para que en vez de estudiar Derecho y acabar con esa rata de dos patas que se llama Ramiro, te dediques al negocio inmobiliario de los tíos. ¡No veas el pelotazo que dieron! La prima Raquel está forrada la tía, y tiene a más de 200 personas trabajando para ella.

Y te diría también que no te dejes flequillo, que te queda fatal.

Adiós, Mencía.
Firmado: Mencía

Debo y Lolo aplaudieron y jalearon el recital. Y, al instante, Inés preguntó:

—¿Dónde escribiste esta carta?

—¿Cómo que dónde la escribí? En el móvil, ¿por?

—Pero ¿en alguna *app*?

—En el Samsung Notes.

—¿Y no se la pasaste a nadie? —preguntó Martín—. ¿La enviaste por WhatsApp o algo?

—¡Qué va! Se la leí a la psicóloga y *ciao.*

—Es que no tiene sentido.

—Pues claro que no lo tiene.

—¿Y si te han hackeado el móvil? ¿Has notado algo raro en el *email* o en Instagram?

—Mmmm… Pues no.

Lolo, muy serio, interrumpió:

—Yo quiero conocer a Verónica Gómez y su cara de mero.

Todos rieron.

Santi, tocándose la barbilla y la barba que jamás tuvo, apuntó:

—Alguien lo ha leído y te está gastando una broma, está claro.

—¿Qué dices? No lo creo…

—Pues ya me dirás cómo saberlo, Inés.

—Ha tenido que pasar algo. Un punto de fuga temporal y tecnológico. Algo que no comprendemos, pero que es posible… Yo creo que Mencía abrió una puerta a un agujero de gusano.

—¿Tus teorías de la antimateria y esas mierdas?

—Pues sí, un agujero temporal…

Lolo, Pablo y Debo se rieron de la intensidad de la conversación. Y Santi y su escepticismo preguntaron:

—¿Un agujero temporal? ¿Y ahora también eres negacionista de los pájaros y esas cosas? ¿Crees en espionaje de la inteligencia artificial? ¿No? ¿Cómo es eso?

—Pues sí —respondió Inés alejada del sarcasmo—. Fue la noche de la DMT, ¿no? Estuvimos hablando de todas estas cosas, y tal vez el teléfono interpretó nuestras conversaciones.

—¡Claro! —interrumpió Mencía—, tú me cogiste el móvil. ¿Te acuerdas? Para decirme que con esa tecnología se podría ir a la Luna y mover la información a otro plano temporal. Me acuerdo porque tenía la pestaña de Samsung Notes abierta con la carta y me daba angustia que la vieras.

—¿En serio? ¡No jodas!

—¡Qué fuerte! —dijo Lolo—, esto es ciencia ficción.

—En serio, yo creo que ahí está la solución. No sé cómo, pero hemos enviado información, o sea, una carta a otro lugar en el tiempo… Mencía, ¿me dejas el móvil?

—Claro.

Inés trasteó con el móvil. El resto opinaban y toqueteaban nerviosos y ofrecían teorías disparatadas alternadas con sorbos de cerveza, que se calentaba rápido.

Hablaban cada vez más alto y daban vueltas a las mismas ideas una y otra vez, cediendo la credibilidad a Inés, que pese a ser una trabajadora precaria se había licenciado en Astrofísica por mero idealismo vocacional.

Santi, pragmático por fuerza insuperable de su trabajo como financiero, propuso denunciar como delito telemático si llegaba otro mensaje. Así, la policía podría investigar de dónde venían los MMS.

Lolo sugirió contratar a un pirata informático para averiguar por qué vericueto tecnológico se habían colado. Pablo llamó al camello.

No llegaron a ninguna conclusión. Pero la noche fue placentera y estuvo coloreada de rabiosa algarabía naranja.

TARDE DEL SÁBADO
28 DE JUNIO DE 2025

El cuello agarrotado y el cerebro esponjoso la despertaron con una extraña sensación de culpa y con un rotundo mareo post-alcohólico.

Una respiración trágica sonaba al lado.

Al abrir los ojos y ver a Javi tercero, Mencía recordó como si fuera un videoclip sin música la noche anterior: cervezas en El Rincón, copas en el sitio estilo Twin Peaks. ¿Se llamaba bar Estupenda? Media pastilla rosa, la discoteca que parecía una sucesión de vestíbulos donde la gente se caía todo el rato de unos podios… ¿Chica Gang? Y sí, Javi tercero, como una aparición mariana de repente besándola en la calle.

—Buenos días, muñeca.

¿Cómo que «muñeca»? ¿Acaso estaban en una película de Bruce Willis? No: despertaban tras una noche que, en una altísima probabilidad, habría sido un desastre sexual y que Mencía ni siquiera recordaba.

—Buenos días, Javi —acertó a decir, mientras le llegaba el calor cavernoso de su propio aliento—, ¿qué tal?

—Estás guapísima, así despeinada y con restos de maquillaje.

Como cabía esperar, en lugar de un halago, esto le resultó humillante, y más cuando se alternan las ganas de hacer pis con una jaqueca inmisericorde.

En ese momento, Javi tercero empezó a hacer unos ruidos en teoría melosos, pero en realidad guturales. Cogió a Mencía del cuello y le dio un beso que ella entorpeció como pudo al notar el aliento agrio de ambos fusionándose.

—Perdona, es que no... ¿Sabes? No me encuentro muy bien.

—No importa.

Javi la besó de nuevo. ¿Cómo que no importa? ¿Se daba cuenta ese cerebro de tubérculo de que lo que tenía al lado era una persona que expresaba su desacuerdo?

—Bueno, a ti no te importa, pero es que igual a mí sí.

—Qué protestona eres. Eso me pone un poco, ¿sabes?

Mencía no tenía fuerzas para discutir. Solo quería regular la temperatura de su cuerpo, que entre cabeza y pies mediaba un desfase de más de veinte grados centígrados. Quería que desapareciera el taladro de albañilería que le percutía el cerebro. Y quería, por supuesto, que el desgraciado de Javi tercero no ocupara el ochenta por ciento de la cama.

—Ya, perdona, es que me duele la cabeza.

—¿Te duele la cabeza, bebé? Has cogido la excusa que ponen todas, ¿eh? A ver si eres un poquito más original. Mmm...

Javi tercero volvió a emitir un gemido pretendidamente seductor, que provocó una arcada y una reacción violenta en Mencía:

—Vamos a ver, Mikolápiz del demonio, que me estás tocando el coño ya con tantas gilipolleces. Te voy a dar tres noticias: el dolor de cabeza de las tías con las que estás no es una excusa, es lo que tú nos provocas. Segunda: aquí el único bebé que hay es tu hermano siamés que no llegó a nacer, pero que te cedió su pene irrisorio. Y tercera: esto no es un puto cupón 2 x 1 de Groupon que te da derecho a un polvo mañanero.

En realidad, como le solía suceder, solo pronunció estas palabras en su cabeza, y además lo hizo después de que Javi se marchara. Mencía había leído recientemente que era común y que se llamaba *«l'esprit de l'escalier»,* «espíritu de la escalera», el hecho de pensar una respuesta ingeniosa cuando ya es demasiado tarde para darla.

Solo le instó amablemente a marcharse y él se despidió diciendo:

—Nunca has sido muy simpática tú, ¿eh?

MAÑANA DEL LUNES
30 DE JUNIO DE 2025

Las horas se deslizaban lentas en aquella oficina de la calle Orense: Gloria con las infusiones malolientes, Luis con la caspa grasienta, Tania y el aire acondicionado, Héctor y la voz más desagradable que se oyó jamás en Occidente.

Mencía necesitaba una fuente de ilusión que le iluminara la vida y fue a por un Kit Kat. Cerca de la máquina estaba Macarena, apodada con merecimiento y honores «La Cotorra», pero estaba enviando un audio, así que no había peligro:

—Los collares de flores de verdad. Nada de plastiquejo barato. Y la ropa, que cada uno mande foto antes con lo que va a llevar, que, si hay algo que desentone mucho, ella se ocupa del estilismo para que quede bien, ¿sabes? Se ocupa de todo. Absolutamente de todo. Venga, te cuento cuando avance más. Hasta luego.

Macarena miró la cara de Mencía y su expresión de incredulidad.

—No, es que estoy organizando la despedida de soltera de mi hermana. De Guiomar, la pequeña. Tú la conoces, ¿no? Vino a la fiesta de Navidad…

—Sí, pero no me acuerdo ahora de su cara… No sé…

—El caso es que he subcontratado una *wedding planner,* que no es *wedding planner;* es algo así como «despedida *planner*». Una tía súper competente, Zaida Carmona, que organiza despedidas de soltera. Y de soltero, porque ella hace de todo. Y como vamos a hacer una fiesta hawaiana, tenemos que ir todos…

—Ya, perdona, Maca, pero es que quiero coger un Kit Kat de la máquina, ¿me dejas?

Macarena se apartó, pero siguió con la historia mientras Mencía se hacía con la deseadísima chocolatina.

—Tenemos que ir de hawaianas. Con collares y todo. Pero en plan bien, ¿eh? Con nenúfares y cocos de decoración y en un local «tiki». ¿Sabes lo que es «tiki»? Todo como maderita oscura y mucha flor, ¿sabes? Guiomar no lo sabe, claro, porque es todo sorpresa. Su padrino va a poner dinero, porque me dijo que quería pagar una parte. Como… como de alguna manera regalarle algo simbólico, ¿sabes?

—Ya, oye, perdona, me voy a mi sitio que tengo mucho trabajo. Suerte con la despedida hawaiana…

—Bueno, es en marzo del año que viene, no te creas, pero yo soy muy previsora y me gusta tener todo bien atado. Y más con Guiomar, que no sé si te acuerdas, pero tiene así como muy buen gusto para el detalle, y quiero…

—Ya, ya… Venga, hasta luego.

Mencía fingió recibir una llamada para huir de ahí con el móvil en la mano. Y, al hacerlo, vio que tenía una llamada perdida de su hermana.

Sentada a la mesa, decidió llamarla.

—¿Susana?

—Hola, qué pasa.

—¿Me has llamado?

—Sí. Tenemos comida familiar el domingo, ¿vale?

—¿El domingo? Venga…

—Los tíos querían ir a Horcher, pero claro, es un compromisazo porque o pagan ellos o ya me dirás. Entonces te llamaba para proponer montar algo en casa. O sea, en casa de mamá y así quedamos bien con ellos y no nos dejamos una pasta. Que tía, a mí se me acaba el paro en un mes.

—Qué horteras, Horcher.

—Ya, por eso mejor decir que invitamos a casa…

—Ah, pues me parece bien. O sea, ¿lo has hablado con mamá?

—No, pero por eso quería hablarlo contigo, que ya sabes cómo es. Le entran los agobios y mejor dárselo todo hecho. Preparamos algo o encargamos a la empresa esa de comida casera que llamas tú de resaca alguna vez y ya está.

—Oye, sí, pero una cosa. A ver, te quería preguntar… ¿Tú… tú te acuerdas del vestido de la prima Raquel en la comunión de Sarita?

—¿Comunión de Sarita? No entiendo. ¿Qué comunión de Sarita?

—Nada, déjalo, una tontería…

TARDE DEL MIÉRCOLES
2 DE JULIO DE 2025

Pilar la terapeuta se subía las gafas cada pocos segundos.

—¿Cómo te sentiste al día siguiente?

—Pues con resaca y dolor de tripa.

—Me refiero a si… si boicoteaste tu ideario. Si te arrepentiste o te sentiste…

—¡Pues claro que me arrepentí! Por un medio polvo que ni recuerdo.

—No… No. Me refiero a esa forma de actuar, de beber alcohol, no estar muy consciente y acostarte con alguien. Es una conducta autolesiva. No te hace bien.

—A ver… Si el tío fuera un cachalote que me ensartara viva, pues vale. Eso sí que me haría bien. Pero encima era un mierda.

—¿Y no crees que había compulsión en tu comportamiento?

—¿Compulsión? ¿Qué quieres decir con compulsión?

—Bueno, si tal vez son conductas que a corto plazo te funcionan, pero en realidad no te ayudan a aclararte o a vivir en paz.

—¡Ah, sí! ¡Total! Es eso: a corto plazo me funcionan, sí. Obvio: salir y follarse a un pescao congelao no sirve de nada.

—¿Pescao congelao?

—Sí, un ex, alguien con quien ya te has liado antes.

—Ah, vale, pero ¿qué buscas o qué crees que buscas cuando bebes alcohol hasta no acordarte o… tienes una relación sexual esporádica?

—¿Que qué busco? Así, en general busco lo que todo el mundo: pasarlo lo mejor posible, reír mucho, encontrar a alguien que me aguante, trabajar menos y ganar más.

—¿Y crees que esa es la manera?

—No, claro que no. Pero ¿qué tengo que hacer entonces?

—Eso no te lo puedo decir yo. Lo tienes que descubrir tú.

—A ver, Pilar, no te ofendas, pero por los setenta euros por sesión me podías dar alguna pista, mejor que andar con adivinanzas. Quiero decir, que si tú lo sabes, pues dímelo. Yo voy a seguir viniendo de todas formas porque me sienta muy bien. O sea, no tengas miedo de decirme lo que tengo que hacer.

—Mencía, tienes que encontrar tu camino y eso no lo puede hacer nadie por ti. Viniste aquí porque tenías pensamientos intrusivos, ataques de ansiedad y preocupación constante. Mi misión es ayudarte a deshacer los nudos que te aprietan, pero el trabajo lo tienes que hacer tú. Y una de las cosas que tienes que hacer es detectar los detonantes de tus conductas que te llevan a esa ansiedad. ¿Sí?

—Sí, es verdad. Comprendido. Si es que soy idiota, no me entero.

—Recuerda hablarte bien. El diálogo interno debe ser respetuoso.

—Ya, es verdad, se me había olvidado, soy gilipollas.

—¿Estás bien? Vamos a ir terminando por hoy.

Al salir de terapia, Mencía se sobresaltó al chequear el móvil. Tenía un MMS de su «yo» del pasado:

Madrid, 20 de enero de 2000

Hola, Mencía mayor:

Estoy muy triste. Más que triste, estoy desganada... Hace frío. Aquí, en mi presente, pasan los días y no sucede nada interesante. Soy demasiado joven para hacer algo de provecho o ganar dinero, y demasiado mayor para evadirme de todo y que se ocupen los demás.

Me jode que no me contestes. Empiezo a creer que no te llegan mis cartas, pero Nacho dice que sí, que están enviadas correctamente y han llegado a su destino. Si las has leído, solo tienes que usar la misma ruta de acceso de la otra vez. Por favor te lo pido. La vida aquí ya sabes cómo es: mamá muy pesada, no me deja tomar café porque dice que es una droga más fuerte que la heroína. ¿Qué pretende? ¿Que tome heroína con Campurrianas para desayunar?

Susana insoportable: me coge la ropa sin permiso. El finde pasado me robó todo el maquillaje y dejó el baño hecho un puto asco. Y por supuesto me tocó limpiarlo a mí. La tía es experta en que le den todo hecho, esquivar el curro y quedar como una santa. El instituto, un horror. Una de cada tres palabras que sale de la boca de cualquier profe es «Selectividad» y todo apunta a que voy a ser una desgraciada como tú estudiando Derecho y comprando ropa barata por lo que cuesta un desayuno. Lo único que te pido es que me digas qué es lo que cae en Selectividad. Seguro que te acuerdas. Por favor, por favor... El Gordo del año que viene o cualquier dato para ganar dinero, ya me da igual. Estoy desesperada. No me importa no ganar dinero. Lo único que quiero es una vida sin preocupaciones. No ser la miserable que todo apunta que voy a ser. Al menos sin flequillo, vale, pero te juro que si esta es la mejor etapa de la vida, como dice mamá, yo me ahorco en la cisterna del baño esta misma noche.

Ser joven es una decepción tras otra: nadie te toma en serio, tu opinión no le importa a nadie, hay que estudiar un montón y nunca tienes dinero para nada. Es desolador y humillante. Con sinceridad: si no hay perspectivas de mejora, la vida no me interesa.

Tengo la impresión de que ser adulto es exactamente lo mismo, pero te acostumbras a esto, ¿no? Supongo que tienes que ocuparte de tus hijos, de la casa, del trabajo y ya con eso estás entretenida para no pensar en la miseria humana.

Me deprime ver gente guapa en las revistas o escuchar canciones de amor. Me hacen sentir lejos y defectuosa.

Siento escribirte en este plan, pero de verdad, estoy de bajón y necesitaría que me leas y me contestes.

Nacho me pone la cabeza como un bombo con sus teorías locas, pero se está portando de puta madre y me doy cuenta de que tiene buen fondo. Lleva unas camisetas feísimas y el pelo fatal, la verdad. Es un pringado y supongo que siempre lo será, pero controla mucho de estas cosas y confío en él. Me asegura que las cartas te llegan y yo le creo.

Por lo que más quieras, contéstame.

Adiós, Mencía.
Firmado: Mencía

Llevaba más de tres minutos parada en la calle Sagasta. La terapia y la carta eran demasiado para un lapso de tiempo tan corto.

La gente pasaba a su lado con prisa, en tirantes y bermudas. Personas con vidas y objetivos, con algo que hacer. Algunos hablaban, otros sonreían y también había quienes escuchaban música o pódcast o algo enriquecedor.

Mencía sentía que su vida estaba condenada a ser miserable y absurda desde cualquier perspectiva, por más que hiciera por esquivar esta idea.

Tal vez debería haber afrontado la situación, haber meditado, aprendido y decidido algo. Pero se tomó un Diazepam y se fue a dormir.

MAÑANA DEL JUEVES 3 DE JULIO DE 2025

Héctor y Luis eran el prototipo de treintañeros encantados con las servidumbres laborales y vitales. Hablaban de hipotecas, de vinos, de mujeres, de viajes. Y llevaban camisas que precisaban plancha, lo que a Mencía le parecía un estrepitoso fracaso en el siglo XXI.

Todavía aturdida por la medicación nocturna y erosionada por los acontecimientos, en la oficina hubo de reunirse, trazar un plan estratégico y escribir un informe. Al fin, a las doce y media, agarró Instagram y buscó a Nacho. ¿Ignacio Piedelobo Roldán? Apareció como Nachopiedelobo y le escribió un escueto: «Hola Nacho, aquí Mencía Pérez Torres. ¿Te acuerdas de mí?».

Miró el móvil y miró a sus compañeros habitar la vida adulta. Volvió a mirar el móvil.

Todo le producía una extrañeza robótica.

Al verse en el espejo del baño reparó en la mandíbula demasiado cuadrada, en la piel irregular como un mapa físico y en la mirada, más hierática que ayer, o eso parecía. Era una adulta y el mundo esperaba que se comportara como tal. Pero se sintió siniestramente cerca de la Mencía joven y desolada que le había escrito la carta hacía horas, hacía años.

¿Cómo había de actuar en 2025 ante la evidencia de la comunicación «intertemporal»? Se abría ante ella un mundo de posibilidades, y todas eran disparatadas: llamar a los bomberos; quedar con sus amigos previa transacción económica con un camello; organizar una rueda de prensa o suicidarse ante la imposibilidad de contestar a su «yo» del pasado.

Se lavó las manos y sintió una repugnancia extraña al notar mojado el secamanos que tuvo que accionar.

Se volvió a mirar al espejo y pensó que estaba hundida y ni siquiera sabía por qué. Decidió entonces ir a por una Coca-Cola Zero a la máquina de *vending*.

TARDE DEL JUEVES
3 DE JULIO DE 2025

Siete minutos antes de las seis, a Mencía las arterias le empezaron a suministrar glóbulos rojos a una velocidad excesiva.

Había una respuesta de Nacho:

Nachopiedelobo
Hola Mencía. ¡Cómo no acordarme!
¿Qué tal te va? ¡Qué ilusión saber de ti!

Mencía Pérez Torres
Nada, todo bien… Te sigo ahora mismo, espera…
Ya

Nachopiedelobo
😊

Mencía Pérez Torres
Tienes fotos muy bonitas…

Nachopiedelobo
Son proyectos casi todos

Mencía Pérez Torres
Proyectos?

Nachopiedelobo
Proyectos artísticos. Oye ¿y tú qué?
Por lo que veo en tus fotos te va bien

Mencía Pérez Torres
Jajaja, no me quejo, la verdad

Nachopiedelobo
¿A qué te dedicas?

Mencía Pérez Torres
Administrativa. Bueno, una empresa de contabilidad

Nachopiedelobo
Perdona. No sé por qué he preguntado

Mencía Pérez Torres
Ningún problema!

Nachopiedelobo
Lo digo porque en realidad no me importa.
Es decir, el trabajo no nos define

Mencía Pérez Torres
Ya. Tienes razón

Nachopiedelobo
De verdad, lo que me interesa es saber de ti 😊

Mencía Pérez Torres
😉

Nachopiedelobo
Me refiero a que preguntamos a la gente: «¿Tú que eres?»
refiriéndonos al trabajo, como si eso nos definiera.
Y en realidad no dice nada de nosotros

Mencía Pérez Torres
Ya, dice más el horóscopo

Nachopiedelobo
Jajaja, totalmente.

Mencía Pérez Torres
Bueno, pero en qué trabajas?

Nachopiedelobo
Soy acuario. Jajaja… hago proyectos artísticos. Investigación en realidad. Ciencia cuántica aplicada al arte 😋

Mencía Pérez Torres
Guau, suena bien.
Siempre te gustó mucho eso de investigar

Nachopiedelobo
En realidad es más mecánico de lo que parece.
¿Y tú? ¿Te gusta tu trabajo?

Mencía Pérez Torres
Sí, hay muchas oportunidades de negocio

Nachopiedelobo
Me alegro. Siempre te vi sin vocación
de nada en particular

Mencía Pérez Torres
Pues sí, estoy muy contenta

Nachopiedelobo
Genial, Mencía. Me gusta seguirnos por aquí.
Ahora tengo que trabajar un poco, jejeje,
ya hablaremos.

Mencía Pérez Torres
Guay! Sí, ya hablaremos con calma. Bss!

Nachopiedelobo
😙😙😙

Mencía Pérez Torres
Ciao, Nacho😘

NOCHE DEL VIERNES
4 DE JULIO DE 2025

Madrid estaba un poco más vacía y algo menos asfixiante. Debo había reservado una cena informal en una terraza de «semilujo» en la plaza de Oriente.

Y allí, rodeadas de colombianas ricas de futuro impreciso, turistas y familias monocromáticas, se sentaron a comer y beber Mencía, Debo, Pablo e Inés.

—Pero ¿lo echaste de casa?

—No veas si costó.

—¿Qué le dijiste? ¿Usaste la excusa de que venía tu familia?

—Mira, Debo, usé todo el repertorio de excusas: que venía mi familia, que tenía un partido de hockey, que había que desratizar la casa... Yo creo que no se creyó nada, por decirlas todas, pero qué pesao el puto Javi tercero.

—¿Este no era un penas?

—Este era un gilipollas y ya follando me lo pareció, pero yo qué sé, ya que estaba...

—Ya que te habías depilao el temario...

Todas rieron recordando la máxima habitual de Mencía para los encuentros sexuales: si se tomaba la molestia de depilarse, era para conseguir algún rédito sexual.

—Pues sí. Además, iba muy pedo todavía. Y no veas el bajón: despertarme y el tío ahí, que quería más. Y un borde que flipas. Nada, no lo quiero ver más. Al que quiero ver es a Javi segundo, pero claro, ha vuelto con la ex... Ya lo puedo dar por perdido.

—¿Qué dices? ¡Volver con una ex o con un ex siempre es un error! —apuntó Pablo marcando mucho la palabra «siempre»—. Ya volverá.

—Pues ojalá, porque este sí que era una delicia en la cama. Ya podía beber cincuenta y siete litros de vodka, que se le levantaba sin problema.

—Hija, pues eso sí que es raro —dijo Debo—, que la NASA lo estudie, que done su organismo a la ciencia, que se pase por nuestra casa o algo...

—Yo lo que no soporto —intervino Inés— es que no se les levante y encima pongan excusas y vayan de víctimas. ¡Como si la vida girara en torno a sus pollas! ¡Chico, que la sexualidad es mucho más que los genitales!

—Bueno, eso en la teoría está muy bien —contestó Mencía—, pero ya me dirás qué haces con alguien que es un polvo esporádico, o sea, que no es tu pareja ni nada... A ver qué haces en una situación de calentón. Tú porque también te acuestas con tías, pero, a ver, ¿qué hago yo si no les funciona la mandanga?

—Ya, pero yo me refería a esta gente que todo, absolutamente todo, lo soluciona haciéndose la víctima.

—Ah, bueno, eso es otra cosa —apuntó Debo—; no soporto a la gente que no se responsabiliza de nada y echa culpas a los demás.

Pablo replicó:

—No lo soporto. Hay tanta gente así... Y conocemos demasiada.

—¡José!

—¡Estaba pensando en él! —contestó Debo—. Es que José siempre es la víctima, siempre le pasa todo a él. Y así no afronta sus problemas y encima da pena a los demás.

Debo rememoró alguna anécdota de los meses que vivió engañada y ciega con respecto a José y gozaron del chismorreo tanto como de los crujientes de gambas.

—... Hasta que lo calan. Porque nadie lo aguanta. Pasó por nuestras vidas igual que ahora estará pasando por la vida de otros que lo estarán consolando.

—Ya, Mencía, pero fíjate que a mí me da pena y todo —Pablo aceleró el habla—. Porque José tiene un problema muy gordo: nunca se va a responsabilizar de sus cosas, tiene tanto miedo que echa la culpa a los demás para no admitir ¿el qué?, ¿que a veces se equivoca como todo el mundo? No es consciente de que es un malpensado y un chantajista emocional. Es que no se da cuenta.

—Y si le dices algo, le reafirmas sus teorías de que estás contra él. Mira, es un manipulador chungo.

—Bueno, todos somos un poco así, Mencía.

—A ti te encanta hacerte la víctima, Pablo, no sé qué dices. Bueno, y a mí también... ¡Joder!, no os he pasado la última carta de mi «yo» del pasado... Que es muy triste, la verdad...

—¿A ver?

Mencía envió con cierto pudor el texto al chat Tempus Fugit.

—Lo fuerte es que me siento muy identificada con la Mencía joven.

—Pero, a ver, ¿por qué no contactas al tal Nacho? Seguro que sabe cómo conectar el pasado y el presente. ¡Lo has dicho en esta carta! O sea, lo ha dicho tu «yo» joven.

—Ya lo he hecho, Inés —dijo Mencía metiendo los labios hacia dentro y generando interés—, lo he localizado por Instagram y he hablado con él.

—¿Y le has contado la historia de las cartas que viajan en el tiempo?

—Nooo… Cada cosa a su tiempo.

—¿Y de qué habéis hablado?

—Pues como siempre, la he cagado un poco, porque no quería que me viera como la perdedora que soy y le he dicho que estoy en mi trabajo por las oportunidades de negocio. Yo qué sé…

—Bueno, no es malo, ¿no? Oportunidades de negocio suena bien.

—¿Qué dices, Debo? Suena a oficina de Tecnocasa. Si lo hubiera pensado un poquito… hubiera introducido el tema con una conversación interesante. Pero todo se andará. Tengo que ir poco a poco, para no asustarlo. No le voy a decir: «Oye, que tú y yo en un pasado que no hemos vivido estamos abriendo buzones de tiempo por donde mandar cartas que me llegan al móvil». Es que, joder, pensaría que estoy cucú.

Pablo dijo:

—Me encantaría viajar al pasado, a la fiesta de «El Cuerpo del Disco» donde conocí al tío catalán y no ponerme tan ciego para poder acordarme de algo.

Inés, que comía con ansia juvenil, levantó la cabeza y la mirada:

—Si pudierais advertiros desde el futuro, ¿qué cosas cambiaríais?

—¿Si pudiera avisar de algo que me haya ocurrido?

—Tú, Debo, por ejemplo, ¿te dirías que no te fueras a vivir con José a las tres semanas de conocerlo?

Debo, con una estruendosa risotada, admitió:

—¡Me diría que no me fuera a vivir con nadie a las tres semanas de conocerlo! Ni con José, ni con Álvaro, ni con Dani… Bueno, con Dani sí.

—Ya, tía, es que siempre los metes en casa enseguida.

—Y así me va. Bueno —dijo con la mirada en un horizonte inexistente—, también me diría que no aceptara el primer piti.

Inés, como si fuera a dar un discurso en las Naciones Unidas, se puso muy seria para decir:

—Si pudiéramos, nos deberíamos decir que con casi cuarenta años vivimos como adolescentes. Que nos comemos la cabeza con tonterías y nos venimos abajo con cualquier cosa. Que no tenemos familias ni casas como las que hemos tenido de pequeños, porque económicamente también somos adolescentes con una paga para ir tirando, pero no podemos ahorrar y a duras penas nos mantenemos. Que nos distraemos como niños chicos, incapaces de concentrarnos o trabajar nuestro destino. ¡Joder!, nos deberíamos advertir que el futuro en realidad nunca llega porque hacemos vida de jóvenes con cuerpos y universos de adultos. Y es una locura total.

—Yo me diría que era maricón. Me habría evitado muchos líos. Y hubiera ganado en aceptación.

—Bueno, claro —interrumpió Inés a Pablo—, yo también me diría que me gustan las tías y que no excluye que me gusten los tíos, porque ¡vaya adolescencia confusa! Me diría que es normal, o sea, que soy normal y que encontraré a gente que me entenderá.

—Yo eso también me lo diría —zanjó Mencía—, que he encontrado a mis amigas de verdad.

Pablo, incluido en ese femenino plural, aplaudió e inició un abrazo grupal al que todas se rindieron encantadas.

MAÑANA DEL DOMINGO 6 DE JULIO DE 2025

Las reuniones familiares, cuando son a cada tanto, tienen una tenebrosa capacidad evocadora: cada uno ocupa el lugar que ocupaba antes; el lugar que le dejaban los demás. Como si las costumbres y las horas hubieran quedado suspendidas en un magma eterno.

Las mismas frases, los chistes y desaires; los mismos miedos absurdos…, todo se repite como en una función de teatro *amateur*.

Y así era, en efecto, en la familia de Mencía. Su madre que alertaba de peligros con fundamentos testados en Internet; la tía Mercedes que engullía croquetas; el tío Emilio que sentaba cátedra con argumentos que nadie reclamaba; el primo Roberto ausente, fumado o ambas cosas; la prima Raquel representando lo más complaciente y tópico de la sociedad mayoritaria y aspiracional. Y Susana, la inamovible y pizpireta hermana menor, que hacía de primogénita y de predilecta; es decir, conseguía que los demás hicieran el trabajo por ella.

—¿Y tu novio? Ramiro se llama, ¿no?

—No, tía Mercedes, Ramiro dejó a Mencía hace un año.

—¡Hace dos años! Pero da igual. Ya pasó…, ya… Ahora estoy fenomenal. Mejor así, sin pareja. Sin pareja estable, o sea, libre… Bien, sí.

—Siempre nos autoconvencemos de que nuestra situación es la mejor, porque es muy duro admitir que vivimos cosas que no elegimos. Pero vamos —dijo al instante Raquel tratando de recular—, que yo ahora con esto del compromiso con Juanfer tampoco lo he elegido yo; que me he metido en este lío de montar la boda porque él me lo ha pedido.

—¿Cómo te lo pidió? —preguntó con urgencia la madre de Mencía.

—Fue súper bonito y muy original... ¡En el viaje a París! Fuimos a la Torre Eiffel... Y en la cola empezamos a hablar con unos españoles, y se puso a llover y yo: «Vámonos y ya venimos mañana», y los españoles, que eran de Astorga, se fueron y yo me quería ir con ellos. Y el pobre Juanfer: «Que no, que no». Y después de cuarenta minutos de lluvia, ya cuando subimos, saca el anillo y me pidió matrimonio. ¿No lo visteis en mi Instagram?

Mencía, que se cubría la cara con la mano como si fuera un alien, sintió que un latigazo de vergüenza ajena le recorría la espalda.

Las conversaciones, como siempre que estaba presente el tío Emilio, derivaron a los negocios. Frases como: «Hacer dinero es fácil si juegas bien tus cartas» sonaban insidiosas y huecas en el comedor de la familia Torres con un eco cerrado.

—Susana ha hecho pastelitos veganos —advirtió su madre—. Mencía, cariño, tráelos que están en la nevera. Abajo, donde Manuel.

—¿Manuel? —preguntó Mencía mirando directamente a Susana, que se apresuró a explicar:

—Manuel, el kéfir que está en el frigorífico.

—Como es un ser vivo, hay que ponerle nombre —aclaró la madre con la mirada puesta en su sobrina Raquel—. A todo esto, Susanita no os ha contado lo de su pretendiente...

Todas las miradas fueron al rubor y enfado de Susana.

—Pero mamá, ¿qué dices? Nada, no es nada. Un amigo de una amiga con el que quedé el otro día. Pero no es nada. Joder, mamá, no te puedo contar nada.

La madre, inmune a los reproches, aclaró:

—Es cardiólogo.

—Que no, que es técnico de cardiología. De electrocardiogramas y esas cosas. Pero de verdad, que solo quedamos, y no pasó nada. O sea, que no pasó nada de… de nada, ¿no?

—Pues bien que te escribe.

—Claro, pero solo hablamos.

—Esa yegua quiere pesebre —zanjó su madre.

Mencía colocó los dulces en la mesa y los destapó ante la ávida mirada de la tía Mercedes, que no dejaba de masticar y, a veces, también regugitaba restos del primer y del segundo plato.

—No me has contado nada —le dijo Mencía a su hermana.

—Porque no ha pasado nada.

—Todavía —puntualizó su madre.

—Pero siempre me cuentas todo; no entiendo qué tienes que ocultar con este tío.

—A ver, es muy buen tío, parece majo.

—A mí como si se pincha fentanilo en un ojo. Pero no es eso: le cuentas a mamá estas mierdas y yo, que me llevo solo un año contigo… Y estas cosas no las compartes…

—Una madre siempre es una madre —aclaró la tía Mercedes con la boca llena de a saber qué.

—Estas niñas siempre igual. Luchan por conseguir mi atención desde pequeñitas. Es normal, también te digo. Roberto, prueba los pastelitos veganos, ya verás qué ricos. Llevan pistacho.

Mencía rabiaba por dentro. Todas las discusiones siempre derivaban en una tonta competencia con su hermana, que en realidad era tan perdedora como ella.

A nadie le gustaron los pastelitos veganos, que acabaron de nuevo en la balda de la nevera junto a Manuel.

El tío Emilio volvió al tema financiero y se dijo «más contento que un marica con dos culos» de que Juanfer tuviera solvencia y viniera de una «buena familia». A Mencía se le revolvió el estómago.

MAÑANA DEL MARTES 8 DE JULIO DE 2025

Mencía tenía ganas de recuperar su vieja vocación de asesina en serie cada vez que entraba en la oficina. La jornada de trabajo se le hacía cada día más larga, y la gente más insoportable.

Imaginó la caspa del compañero que se sentaba delante, sobre la camiseta negra que llevaba, como un firmamento estrellado y pensó que puede haber belleza en lo feo; y que aquello era supervivencia laboral.

Estaba harta de leer libros de crecimiento personal que citaban al psiquiatra Viktor Frankl como ejemplo de superación en un campo de concentración. Harta de la machacona idea de la libertad interior, de tener que impedir que le afectaran las circunstancias exteriores para ser ella misma. Y pensó que si Viktor Frankl, que era muy listo, en un campo de concentración donde no tenía ninguna responsabilidad, podía pensar en que era libre por dentro, ella tenía más mérito todavía.

En un trabajo feo hasta abrumar el sol, donde tenían expectativas puestas en ella, era capaz de imaginar universos y estrellas sin ser psiquiatra ni una persona especialmente dotada para el pensamiento filosófico.

Pensó que trabajar para ganarse la vida requería una carga moral mayor que estar prisionera. Estar ahí era un extenuante peaje que pagaba con su tiempo, el único bien que poseía.

Pensó que había algo demasiado perverso en las enseñanzas de Frankl: que la responsabilidad de sentirse bien en un trabajo de mierda era suya y a veces no le apetecía cargar con eso y, aun así, la caspa de su compañero Luis le había resultado inspiradora. «¡Chúpate esa, Viktor Frankl de los cojones! —pensó—, tú que no podías hacer otra cosa que darle al coco, llegaste a la conclusión de que en tu cabeza eras libre; y yo, que tengo que hacer dos informes y soportar esto porque se da por hecho que he elegido yo esta tortura, encima, imagino cosas bonitas con la caspa de un compañero repulsivo. ¡Y habiendo estudiado Derecho y sin tener ni puta idea de filosofía o psicología!».

Enfrascada como estaba en la camiseta negra y en el campo de concentración que había elegido por voluntad, le sobresaltó la vibración del móvil. De nuevo un MMS de la Mencía joven que la reclamaba desde el pasado:

Madrid, 23 de enero de 2000

Te mando este mensaje a modo de recordatorio, por si se te ha pasado contestarme. Por favor, entiendo que tienes una vida muy difícil con reguetón y ropa barata, *apps* de móvil que no sé qué son y pandemias y mascarillas, pero por favor, saca un ratito y contéstame!!!

Nada, solo era eso.

Adiós, Mencía.
Firmado: Mencía

TARDE DEL MIÉRCOLES 9 JULIO DE 2025

—¿Cómo que si creo en los viajes en el tiempo? No te veo en más de diez años y me preguntas esto. Joder, Mencía, siempre has sido muy peculiar. En el fondo me encanta ver que sigues igual.

—¿Peculiar? A ver, que tú también tenías lo tuyo, ¿eh?

—Sí —dijo Nacho sonriendo con timidez—, éramos un poco «marginadillos» en el instituto. Supongo que por eso nos llevábamos bien.

—Sí, yo recuerdo mucha complicidad y muchas conversaciones. Pero luego no seguimos siendo amigos, no sé por qué.

—Ya, supongo que nos dejamos distanciar. No sé... Recuerdo hacer pellas contigo y estar hablando durante horas.

—Bueno, ahora que ha pasado el tiempo ya podemos hablar un poco de todo. Y a ver... Yo me daba cuenta. Tú estabas loco por mí.

Nacho echó la cara, ahora con barba ligera, hacia atrás y sonrió:

—En realidad me molaba tu hermana y por eso me acerqué a ti. Ya ves qué tontería... Por cierto, ¿cómo le va a Susana?

—Pues muy bien. Le va genial. Tenía un novio pelirrojo que la dejó tirada y ahora anda con uno que hace electrocardiogramas. Está en paro. Llevaba la prensa de una empresa de empanadillas argentinas, y los martes hace *crossfit.*

La decepción, el sentimiento más habitual en la existencia de Mencía, le coloreó con levedad el cerebro, en este momento teñido también de rabia. Antes de que le asaltaran irrefrenables pensamientos intrusivos de autodesprecio, tomó aire, cerró los ojos e hizo lo que Pilar le había enseñado: no rechazar sus emociones, sino atravesarlas y dejarlas pasar. Exhaló intentando vaciarse, pero sintió una ira encarnada hacia su hermana y también ganas de gritar, que hubo de reprimir sonriendo con falsedad.

—¿Tienes contacto con alguien del instituto?

—¿Aparte de mi hermana? La verdad es que no. Bueno, por Instagram sigo a Berta Mateo, María Pinos, a Verónica Gómez…

—¡Verónica Gómez! La más «popu» del instituto. ¿Qué es de ella?

—No parece que le vaya muy bien, tiene una vida muy *random.* Y muy pocos seguidores en redes.

De un plumazo desapareció la sombra cenicienta del cerebro de Mencía. Saber y anunciar que la chica más guay del instituto tenía una vida gris le proporcionaba una balsámica sensación de plenitud.

—A ver, Nacho, te voy a contar una cosa que te va a sonar muy rara, pero me tienes que escuchar hasta el final ¿vale?

—Sí, vale. Oye, estás generando mucha expectativa, me gusta.

—Prométeme que no me vas a interrumpir, que te lo quiero contar bien.

Nacho permaneció con los ojos muy abiertos clavados en los de Mencía. Se tocaba la barba que le tiznaba la mandíbula, más definida ahora que a finales del milenio en el que se conocieron. Los años le habían añadido atractivo y credibilidad. El verde apagado de las pupilas conjuntaba mejor con la madurez y había ganado un aplomo grácil en los movimientos.

Cuando Mencía terminó de contarle lo de los mensajes de la Mencía joven, Nacho la miró dibujando un signo de interrogación detrás de una sonrisa leve.

—¿Qué te parece lo que me está pasando?

—Así en principio no le veo mucho sentido.

—¿No me crees?

—No es eso... A ver, lo primero, ¿tú recuerdas haber recibido esa carta de la terapia?

—No, pero al recibirla, mi «yo» del pasado está viviendo otro pasado. Y está enviándome cartas con tu «yo» del pasado, que es quien la ayuda.

—No es posible viajar en el tiempo, Mencía.

—Nosotros no, pero las cartas sí.

—No tiene mucho sentido nada de esto. Lo tendría si el tiempo fuera hacia atrás. A no ser...

—Tú y yo estamos en otro pasado que no hemos vivido tú y yo, enviando cartas a mi móvil, es un hecho.

—Entiendo lo que quieres decir, Mencía, pero no es posible.

—Ayer mismo recibí la última carta, mira.

Mencía buscó el texto del mensaje, acercó el móvil a Nacho y él cargó el cuerpo para agarrarlo, se acercó. Le llegó entonces una ráfaga de olor fresco y sexual, a gel de ducha o crema hidratante herbal y pigmento de piel bronceada. Le recordaba a algún actor europeo, o a un anuncio antiguo. Le recordó sobre todo a Nacho, su amigo del instituto. Era raro tenerle ahí y que fuera la misma persona. Todo era raro en estos días.

Nacho leyó la carta muy concentrado, mientras Mencía lo miraba expectante:

Madrid, 27 de enero de 2000

Hola, Mencía mayor:

Pasan los días y no recibo respuesta. Nacho está convencido de que te llegan mis mensajes. No le dejo leer lo que escribo, claro. Solo tienes que hacer lo mismo que hiciste para enviarme la primera carta. Aprovechar ese agujero temporal y escribirme.

Supongo que tienes una familia que no te deja tiempo o hace que no te interese esto. ¿Cuántos hijos tienes? Siempre me he imaginado que tendría tres. ¿Dónde conociste a tu marido? ¿O te has hecho lesbiana y tu mujer es la Pilar de la que hablabas en tu carta? Sea lo que sea, lo voy a entender, te lo prometo. Aunque ahora pienso en comerme un coño y no lo termino de ver. Pero bueno, me voy a ir haciendo a la idea por si acaso.

También quiero saber qué es una «*app* para salir guapa en las fotos», por si puedo usarla ya. Y qué hay que hacer para «ser famosa solo por tener muchos seguidores». Si da dinero, me interesa. Y oye, ¿la pandemia que no deja entrar a la gente en los bares? Una pandemia es una epidemia tocha, ¿no? No quiero dejar de ir a bares. Son los únicos sitios que me interesan, la verdad.

Sigo de bajón, aunque a ratos es llevadero. He suspendido Historia. Joder, Historia. En teoría lo que se me da bien.

En realidad, no sé qué se me da bien o cuál es mi vocación. Marta, Cris y Berta lo tienen clarísimo desde siempre, pero yo no sé para qué valgo. Me quedó claro que Derecho no. ¿Sabes? Me sé tu carta de memoria. La he leído muchas veces y he analizado cada frase tantísimo que vivo obsesionada con el reguetón, las pandemias y las mascarillas. Me imagino el futuro con la *Lambada* a todo meter y la gente vestida de submarinista y la verdad es que me suena ridículo, pero no me queda otra que creerte. Porque no puede ser otra cosa que una carta de mi «yo» del futuro. No me entra en la cabeza qué otra cosa puede ser. Y Nacho está convencido y me fío de él. Ahora mismo es la persona de la que más me fío. Es buen tío y mucho más listo de lo que parece.

Te pido, por lo que más quieras, que me digas lo que cae en Selectividad en el 2000. Te tienes que acordar, joder. Por favor. No hace falta que me des más datos ni me cuentes nada si altera el curso de la historia o lo que sea. Pero solo eso. Hazlo por mí. Por ti. Piensa en la oportunidad de tener una vida digna en lugar de tu vida. Por favor te lo pido. Gracias.

Adiós, Mencía.
Firmado: Mencía

—No te ofendas, Mencía, pero yo creo que alguien te está troleando.

—Que no, joder…

—Es que no es posible. ¿Cómo te han llegado estos mensajes?

—Por MMS.

—¿Me dejas ver tu móvil un momentito?

Trasteó en el teléfono de Mencía un buen rato, encontró los mensajes, buscó el remitente e intentó contestar. Miró después los ajustes y toqueteó unos y otros iconos.

Ella miraba los límites apolíneos de la cara de Nacho. Tenía un gesto sosegado pegado al rostro todavía joven. Respiraba tranquilo y miraba con curiosidad científica.

—Tendría que haber una puerta secreta, una rendija, una inteligencia que captara el mensaje.

—¡Una cosa! —interrumpió Mencía como despertando de un sueño—. Con mis amigos hablamos de inteligencia artificial y viajes en el tiempo el día que escribí la carta y me llegó la primera respuesta. No sé si… O sea, mi amiga Inés me robó el móvil, así, como lo estás agarrando tú y empezó a decir que ahí dentro había una capacidad que podría viajar en el tiempo o algo así, tampoco me enteré mucho. Y según mis amigos, ahí pasó algo que abrió algo así como una puerta temporal.

—Eso podría ser.

—¿El qué?

—Como una llamada, una orden, como las que se dan a Alexa o a Siri. ¿Entiendes? A lo mejor despertó una inteligencia artificial que de alguna forma obedeció. Es que… ¿No recuerdas la conversación? ¿La grabaste o algo?

—¿Cómo coño voy a grabar una conversación mientras bebo con mis colegas?

—Deberíamos preguntarles qué recuerdan ellos de aquella conversación.

Mencía se sintió parte de los intereses de Nacho. Ese «deberíamos» inclusivo y plural la llenó de esperanza. Vio compromiso y lucha, vio un guerrero que la tomaba de la mano y vio un destino cuajado de encuentros sexuales en playas paradisíacas. Lo vio en su inconsciente, porque de manera formal solo captó una atracción que empezaba a gestarse con forma y fondo de deseo.

—Tiene sentido, ¿sabes? —dijo Nacho sin despegar los ojos del móvil—. El tiempo no es una medida, es un concepto humano. Igual que la tecnología del móvil, ¿comprendes?

—Sí —mintió Mencía—, claro.

—Al final es un choque de lenguajes; como una conversación. Y puede haberse establecido una comunicación. A lo mejor se puede probar, pero no se puede vivir… ¿Entiendes? Como la mecánica cuántica: sabemos que existe, pero no hay manera de demostrarla.

—¿Tú no te dedicabas a eso?

—Bueno, no exactamente. Pero sí, investigo y desarrollo proyectos artísticos de mecánica cuántica, sí... Una chifladura de convertir en imagen formulaciones subatómicas. Tiene que ver con el arte, porque se generan figuras y colores con expresión, pero tiene que ver también con las matemáticas. Me cuesta mucho explicar a qué me dedico. Pero vamos, que lo mío es la ciencia de toda la vida.

—O sea, que tiene lógica que en el pasado me estés ayudando con esto.

—Y que tu «yo» del pasado diga que soy «buen tío y mucho más listo» de lo que parezco. Puede ser...

Nacho miró con una rigidez nueva la cara de Mencía y aguantó un instante de silencio.

—Sí... Tiene sentido. Pero claro...

—¿Qué?

—Tendría que existir otra realidad con el futuro que está creando tu otra «yo». Si la salvas a ella no te salvas a ti, sino a otra versión tuya de la que no tienes conciencia.

—¿Cómo?

—Es que esto plantea cosas muy interesantes a nivel práctico, pero claro, se parece más a la ciencia ficción que a la formulación clásica. Hay una teoría que dice que los eventos del pasado deben ser consistentes y no pueden ser alterados por eventos futuros. O algo así.

—Me he perdido. Oye ¿pedimos otra cerveza?

—No, que me voy a tener que ir pronto. Pero voy a estudiar esto un poco más a fondo, a ver si le encuentro sentido. Me cuesta creerlo, pero hay posibilidades de que sea real.

TARDE DEL JUEVES 10 DE JULIO DE 2025

—Vosotras os tenéis la una a la otra.

—Bueno, y tú tienes a tu hermano Roberto.

—No es lo mismo. Entre hermanas hay esa complicidad especial… No sé, yo siempre he echado de menos tener una hermana. Alguien con sensibilidad; alguien con quien hablar de todo; compartir ropa, secretos…

Susana y Mencía, inmunes y distantes, asentían sin terminar de descodificar la información de su prima.

—Esta cuenta lo que quiere. Mira lo del cardiólogo ese…

—Técnico de prácticas cardiológicas. Bueno, nadie te prohíbe compartir secretos con Roberto —apuntó Susana—; es lo mismo, ¿no?

—A mí me encantaría tener un hermano —añadió Mencía sin pensar—, me follaría a todos sus amigos.

Se sintió culpable incluso antes de acabar la frase y se autofustigó pensando, como siempre, que era una mediocre y una bocachancla. Raquel y Susana la miraron como quien mira a un enfermo terminal, para después desviar la conversación a las celebraciones que se avecinaban:

—Entonces, Raquel, ¿quieres una despedida temática?

—¿Sabes lo que pasa? No sé lo que quiero. Igual una casa rural, un viaje a Londres, una fiesta toga…

—¿Una fiesta toga? ¿En plan Imperio romano?

—Quiero algo original y divertido. Algo a mi medida.

Mencía pensó en la medida ramplona de Raquel, en el cliché de la idea original convertida en rito masivo… y recordó entonces el discurso de la compañera de trabajo, igualmente obvia y predecible.

—Pues una de mi oficina, Macarena, está preparando también una despedida de soltera y ha contratado a una organizadora que se dedica a eso nada más.

—¿A despedidas?

—De soltera, sí. Y de soltero. Hay gente que embucha lomo y gente que organiza despedidas. Tiene que haber gente pa to.

—Ay, Mencía, ¡pues ya está! Te ocupas tú y ya está.

—¿De qué?

—¡De mi despedida de soltera!

—Ah, no, si quieres te pongo en contacto con…

—Ya está decidido.

—Que no, Raquel. De verdad. Que se me dan fatal estas cosas.

—Tengo mil euritos de presupuesto. Me refiero como gratificación por organizarlo. Aparte de los gastos de la despedida de soltera, claro.

Mencía estaba escandalosamente incapacitada para rechazar dinero. Asintió en silencio.

—Por supuesto, cubro el coste de todo, claro: la organizadora, la fiesta y los gastos. Pero esos mil euros es por el tiempo que le vas a dedicar. ¿Te parece?

Susana, como llevaba haciendo en sus treinta y siete años de existencia, miraba con desaprobación a su hermana, que con alegre resignación contestó:

—Tengo que mirarlo bien. Depende de lo que hagamos, claro. Preguntaré a esta compañera tan maja que os digo, que está muy dispuesta. Y que me pase el contacto de la organizadora y a ver qué opciones hay.

—¡Nada! Decide lo que quieras y que sea sorpresa para mí. Tú solo guarda los tickets, que luego me lo desgravo todo como gastos de la empresa. Pero, oye, ¿tú sigues trabajando en la oficina esa que te espantaba por Orense?

—Sí, sí, ahí sigo. Pero ahora ya soy sénior y asumo más responsabilidades. Estoy muy contenta y me siento muy valorada —respondió Mencía ante una pregunta que nadie le había hecho.

—Entonces está claro que tienes que ser tú la que gestione oficialmente mi despedida de soltera. ¡Perfecto!

MAÑANA DEL VIERNES
11 DE JULIO DE 2025

—Hoy que es mi último día paso de esforzarme —dijo Gloria entre risas.

—Tu último día y el de media oficina, que nos vamos a quedar aquí literalmente cuatro perros mojados.

—¿Luis se ha pillado vacaciones ahora o en agosto?

—En agosto, igual que yo. No hay manera de librarme de él.

—Mencía, pero luego os vais vosotros cuando los demás volvamos con depresión postvacacional.

—Pues mira, eso me hace un poco feliz. Eso y el no tener formación de bienestar laboral. ¡Qué vida más tranquila, joder!

Sonó con urgencia el teléfono de Mencía: era el número de Zaida Carmona, a la que había dejado un mensaje.

—¿Hola? ¿Sí? ¿Zaida? Sí, perdona… Sí, te he llamado antes… Soy compañera de trabajo de Macarena, que me dijo que estabas organizando la despedida de soltera de su hermana Guiomar… Sí, sí… Es verdad. Habla mucho, sí.

Zaida resultó ser una entusiasta de su peculiar trabajo.

Ante el ambiente inhóspito de la oficina, Mencía dejó el teléfono en modo altavoz mientras ordenaba papeles de su escritorio. Algunos compañeros pudieron oír la voz aguda de la «despedida *planner*», que con devoción explicaba:

—Sí, mi profesión es muy especializada, exige mucho. Mira, en la vida solo tenemos una oportunidad de vivir cada momento, ¿no? Pues vamos a hacerlo bien. Hay que darlo todo, cariño. Que se nos pasa la vida volando y ¿qué hemos hecho? ¿Eh? ¿Qué hemos hecho además de levantarnos, ducharnos, trabajar, poner coladas, cambiar la arena del gato, cortarnos las uñas…? No, no, no. La vida es otra cosa. Merece la pena organizar fiestas y celebrar. Es lo único que merece la pena en la vida en realidad. Ya verás: yo hago mi trabajo con una calidad extrema y tú sorprendes a tu prima Raquel con la mejor despedida de soltera que va a tener en su vida.

En cuanto colgó, el compañero portador de caspa y grasa la miró con auténtico terror. Mencía sonrío con hipocresía y leyó los mensajes que le había escrito Nacho.

Le decía que tenían que darse prisa en buscar la forma de contactar con el pasado, pues por las fechas en las que la joven Mencía escribía y la adulta recibía los mensajes, el lapso temporal no parecía mantener un patrón fijo y sería probable que se cerrara el túnel temporal o se cansara de escribir si no se ponían manos a la obra.

Mencía solo acertó a escribir un whatsapp: «¿Y si no me escribe más?».

Nacho no contestó.

DOMINGO
13 DE JULIO DE 2025

Un domingo sin resaca era una celebración, un reino improbable y fértil, un lujo a conquistar.

Si le hubieran preguntado en ese momento cuál era la emoción dominante en su vida, habría dicho sin dudarlo: orgullo. Se sentía triunfal por no haber salido la noche anterior. Era una mujer de éxito que tomaba las riendas de su vida.

Mencía decidió invertir ese éxito en el gimnasio, que se le antojaba como un edén para los sentidos y los músculos. Recordaba que los domingos estaba muy tranquilo y, mientras rebuscaba la bolsa del gimnasio dentro del armario, se vio haciendo sentadillas sin esfuerzo y con un cuerpo escultural.

—Esto parece Narnia —se dijo mientras sacaba camisetas arrugadas y hurgaba entre jerséis de invierno y ropa interior que no usaba.

Resultó decepcionante comprobar que la ropa deportiva estaba podrida porque la última vez que la usó la dejó húmeda en la bolsa. Pero decidió sobreponerse y buscar otro atuendo. Estaba decidida a ir a cultivar el cuerpo y no solo la mente.

Caminaba por la sombra imaginando que le mostraba a la Mencía joven su voluntad firme y su gimnasio, que se llamaba «Time Power» y tenía máquinas de última generación.

Sin duda, había una quietud poco habitual y en la recepción no estaban los chicos de siempre, sino una mujer de tez tostada. La música también estaba más baja que las últimas veces.

Pudo elegir máquinas para entrenar, pudo hacerse su propia tabla y, cuando llevaba siete minutos y medio, pudo evaluar lo cansado que era todo.

Se miró en el espejo. Era una mujer. Una mujer adulta que hacía cosas de adulta. No llegaba a incomodarle la idea, pero sintió que no encajaba y que debía esforzarse más. Al fin y al cabo, su madre, los artículos que leía y el consumo se empeñaban en recordarle que hay que madurar y, sobre todo, que sin esfuerzo no hay recompensa. Que pase lo que pase, siempre hay que esforzarse más.

Le sobresalía la tripa flácida entre la tersura de la camiseta y los *leggings* y le pareció un defecto que pulir y no la naturaleza celebrando la permanencia celular a través del tiempo.

Mientras se metía la camiseta en los pantalones, se encaminó a la máquina de remo, por supuesto vacía, frente a una zona donde un hombre atractivo hacía abdominales.

Mencía se sentó, agarró las manijas y con cara de esfuerzo activó la máquina para trabajar la musculatura. Jadeaba como correspondía y sudaba de forma inevitable.

El musculado de los abdominales parecía gay, o al menos eso pensó porque era «demasiado guapo». Tenía un cuerpo torneado al detalle, pero sin la hipertrofia aceitosa que exhibían los que estaban a su derecha, con las pesas. Y tenía una barba un poco dejada, no recortada con precisión. Esto le llevó a pensar que tal vez fuera heterosexual. Esto, y que la miraba de reojo.

Mencía se esforzó por resultar atractiva, metió tripa, levantó el cuello e intentó moverse con gracilidad. Cada vez eran más descaradas las miradas del hombre. Ella pensó entonces que hacía tres o cuatro años que no ligaba con nadie estando sobria. Tal vez no sabía hacerlo.

El corazón se le aceleró cuando el chico, mirándola fijamente, paró en seco y se acercó hasta ella. Pensó, con la fugacidad de la luz: «Pasa de las miraditas a la conversación y eso me gusta. ¡Qué maravilla ligar en el gym!».

—Perdona, tienes la linterna del móvil encendida.

A los cuatro minutos estaba en la ducha del gimnasio lamentándose de ser adulta.

La chica de recepción, con un meloso acento dominicano, le preguntó al verla salir por qué había estado tan poco tiempo.

—Quería hacer solo un poco de mantenimiento.

—Se lo preguntaba por si las instalaciones le parecen insuficientes o echa de menos algo, o tiene alguna sugerencia para hacerle la estancia más agradable y hacer que pase más tiempo con nosotros.

—No, muy bien, dile a tus jefes que no hay que cambiar nada… y no hace falta que os presionen para preguntar a los clientes.

La chica, sin perder la sonrisa dijo:

—No tengo jefes y nadie me presiona, gracias por preocuparse.

—¿Perdón?

—Yo soy la propietaria del gimnasio. Y me interesa saber cómo podemos mejorar con nuestros clientes. Eso era todo. Espero no haberla importunado.

Los exquisitos modales de aquella chica desarmaron a Mencía, que se sintió culpable a un nivel muy hondo sin saber especificar de qué.

—Suele ocurrir —explicó en tono maternal—, ven una mujer latina y piensan que soy la de la limpieza. Estoy acostumbrada. Se llama racismo, y sí, estoy acostumbrada.

—Lo siento, no quería…

—No lo digo por usted, no me malentienda, por favor. Es un sistema que perpetúa una imagen y a veces me siento realmente dolida por los estereotipos. Seguro que lo entenderá.

—Por supuesto. Pero, por favor, trátame de tú.

Mencía, apurada e incómoda, quiso subsanar la situación interesándose por la chica, y le preguntó su procedencia.

Era madrileña, hija de dominicana y haitiano. Estudió Nutrición y FP de actividades físicas y deportivas. A los veintisiete años se hizo con un gimnasio pequeñito en Coslada y lo vendió y según sus palabras «se lo jugó todo» al comprar este a los treinta y cinco.

—Pero ¿cuántos años tienes entonces?

—Tengo cuarenta y seis, mi niña.

Mencía le habría echado menos de treinta y cinco.

También le explicó que todavía estaba endeudada «hasta las orejas», que un socio le hizo una jugarreta terrible, pero decidió seguir hacia delante y también que le gustaba mucho hablar con los clientes para ver qué aspectos mejorar del negocio.

—Siento el malentendido, de verdad.

—No es nada. Has pensado que tengo unos jefes que no tengo. No es tan malo, ¿no? Lo que es peligroso es entender la vida así, no ver la posibilidad o negarla directamente. ¿Te lo puedes creer? ¡Hay gente que no tiene ni un solo amigo racializado! De verdad, mi niña, está todo bien. ¡Y espero verte por aquí! ¿Cómo era tu nombre?

—Mencía. ¿Tú?

—Gabriela.

—Pues encantada y hasta pronto, Gabriela.

La vida eran decepciones, pero no aprendizajes. O al menos esta era la sensación que inundaba ahora la cabeza de Mencía. Se sentía torpe. Y culpable. Muy culpable.

8 mensajes no leídos

Debo
¿Alguien para un vermutito?
12:01

Inés
Me acabo de levantar y todavía tengo la
cara de otra
12:06

Pablo
Ayer tenías cara de Maribel Verdú,
lo mismo es eso
12:06

Inés
Qué bien me lo pasé. Lo necesitaba mucho
Es que haber pasado unos días en Lebrija
me ha afectado
Para mal, por supuesto
La familia es un campo de concentración
de trastornos psicológicos
12:09

Pablo
Jajjjaja

Jajaja
Jajaaja
12:09

Debo
¿Alguien se viene? Dani y yo
salimos ahora de casa.
Vamos con Luna, así que la idea es ir a
La Escabechina, que está por aquí cerca.
Pero si queréis, vamos a la Colmada que
os pilla mejor
13:11

Santi
Pablo y yo hemos quedado para comer
en Bodegas El Maño. Venid después del
vermú
13:11

Lolo
Yo paso. No es por ahorrar.
Es por no gastar
13:11

Mencía, lejos de integrarse en la conversación, necesitaba soltar toda la frustración adulta que se le acumulaba en las arterias.

Me siento cero atractiva, muy pringada y
encima, racista. Necesito beber
13:13

TARDE DEL MARTES
15 DE JULIO DE 2025

—¿Pedimos otra?

—Claro, si estamos casi de vacaciones…

—Serás tú, Martín, que con eso de que trabajas para el Gobierno… no hay mucha diferencia entre veranear y currar… ¡Yo no tengo todavía jornada intensiva como vosotros! Pero sí, pide otra, porfa.

—Bueno, pero ¿qué es lo que ha pasado con tu prima? —preguntó Inés—, ¿te ha dicho algo?

—No, qué va. Ella es idiota sin más. Lo fuerte son sus amigas. He tenido que hacer un chat de la puta despedida de soltera y no sabes qué gentuza. ¡Dos de ellas con la bandera de España en la foto de perfil del WhatsApp! Tienen pinta de meningíticas, de que sus padres sean hermanos o algo raro… ¿Sabes esa gente que tiene cara de *vichyssoise*? Pues así.

—¿Pero las has visto?

—¡En foto nada más! Porque han empezado a mandar fotos vistiéndose con prendas marineras. Es que será una despedida temática y como a la cateta de mi prima le mola ir a las regatas, pues han decidido vestirse de marineritas. Pero dan mucha vergüenza. Todas llevan mechas, todas van vestidas con ropa cara que parece barata. Todas están casadas, llevan una gargantilla finita al cuello de «mujer discreta». Todas odian a sus maridos, todas votan al PP y se ven como clase alta. Y entre todas no tienen ni media hora cotizada.

—Hija, ¡vaya análisis sociológico para un chat de una despedida de soltera!

—Es que, Pablo, son ese tipo de gente que te encuentras en la vida que nunca serían tus amigos. Gente que no se droga, gente que hace yoga, que están orgullosos de donde han llegado y no han llegado a ningún sitio, porque vinieron de su provincia a estudiar aquí y aquí se quedaron.

—Oye, Mencía, sin ofender —rio Pablo.

—Tú al menos eres maricón —intervino Inés—, pero los de mi pueblo que prosperaron, que son muy pocos, son así. ¡Imagínate los que se quedaron allí! Los que vinieron a Madrid hablan de hipotecas, se sienten emprendedores y defienden a muerte la propiedad privada, porque creen que son terratenientes, porque con dos sueldos llevan pagado un siete por ciento de un piso que es del banco, con una pareja que hace meses que no se follan.

—Esto sí que es un análisis sociológico, tía —dijo Mencía.

—Son gente que no va a una exposición. Bueno, sí, a esas cosas *mainstream* del Museo de las Ilusiones o el Circo del Sol… o, cuando ya se creen alternativos, a eso de Tim Burton. Esa gente que el único libro que se ha leído este año es el de Pedro Palenque.

—¿Quién es Pedro Palenque?

—No me creo que tú, Debo, la tía más dentro del mundo que hay, no sepas quién es Pedro Palenque.

Intervino Martín entonces:

—Es el típico visionario porque ha encontrado un nicho de mercado en el lenguaje persuasivo y lo está petando.

—Más bien —apuntó Inés— saca el dinero a pobres infelices rindiendo culto a su persona y diciendo cosas obvias que ya sabemos.

—Pero ¿qué dice?, ¿qué hace?, ¿es un Llados de la vida?

—Es otro rollo. Escribe libros, vende una historia muy cinematográfica que resume en «hace dos años descargaba camiones y ahora estoy forrado» y «como soy neurodivergente, el mundo no era para mí, pero yo soy para el mundo».

—Oye, pues me parece bien…

—Que no, que es una forma chunga de dar esperanza a los parias. Viene a explicar que no sirve de nada estudiar y que lo importante es hacer dinero. Y bueno, él dice de sí mismo que es el mayor experto en comunicación persuasiva. Pero como nadie ocupaba ese puesto antes, nadie le contradice.

—¡Como el rey del cachopo! —apuntó Debo—, que se inventó el certamen ese para proclamarse rey del cachopo y era un asesino.

—Pues sí —continuó Inés—, este va de seductor y es el clásico vendehúmos que explica los principios de la sugestión de forma asumible. Y la gente flipa, claro. Explica, por ejemplo, que nunca hay que parecer necesitado y ese es el secreto de las ventas y de la seducción: dejar hablar al otro, escuchar y hacerte un poquito el ignorante para estudiar sus puntos flacos e intereses y resultarle un misterio. Vamos, lo que venimos haciendo las tías a lo largo de la historia. Pero claro, lo dice un tío que asegura que gana millones… ¡Y me lo creo, ¿eh?! Que lleva no sé cuántos libros vendidos… Y va del palo: «Las redes sociales no sirven de nada»; claro, porque llega tarde y ya no hay manera de hacerse con el pastel. En fin, un listo.

—Joder, Inés, ¿y tú cómo sabes de todo esto si lo tuyo es la astrofísica?

Inés rio echando el cuello hacia atrás:

—Porque las galaxias funcionan igual que las personas: por inercias y patrones. Y cuando los pillas, ya no hay secretos…

Martín barrió con la mirada a sus amigos y dijo:

—A ver, hay gente más básica que otra.

—Ya, claro. Pero en general nos creemos muy originales y estamos muy preocupados por la autenticidad y esas mierdas, y en el fondo somos todos iguales.

Debo interrumpió a Inés y apostilló:

—Esto lo hablé el otro día con Dani: que eso de «ser auténtico» es una puta mierda en realidad. Igual los filósofos griegos, o bueno, nuestros abuelos, valoraban la virtud. Pero ahora la gente está preocupada por la identidad, por ser *cool.* Es como si necesitaran desmarcarse de la sociedad en la que vivimos.

—Tía, pero la sociedad somos nosotros —se apresuró a decir Inés.

—Ya, bueno, pero…

Mencía intervino antes de que la conversación se volviera intelectual.

—Oye, Debo, tú hablas mucho con Dani, ¿eh? Quiero decir, vais súper en serio. Sois un «parejón de Ardoz», ¿no?

—Te juro que nunca me había pasado tenerlo tan claro. Estoy muy bien con él. No hay tensión, es todo como… como fácil, ¿sabes?

—No quiero ser el maricón que quita la ilusión —dijo Mencía—, pero también puede ser que al principio solo ves lo bueno y el otro solo muestra lo bueno. Quiero decir, que parece majo Dani. Seguro que no roba, no mata, pero todo el mundo tiene defectos e igual mejor verlos desde el principio.

Debo, lejos de ofenderse, contestó mientras se liaba un cigarro:

—Ya, sé lo que dices. Pero es que en este caso Dani es tal cual se muestra. Tiene sus cosas, ¿eh? Sus manías, es un poco..., no sé, como que adoctrina un poco. Pero lo ves venir. O sea, estoy cien por cien segura con él. Y es la primera vez que me pasa, que lo veo tan claro y lo acepto tanto... No sé si me explico. Es que es eso: no hay conflicto.

—Pues hija, qué paz. Habéis formado una familia con la perrita Luna y todo... Y encima es súper melómano. Yo no podría estar con alguien a quien no le gustara la música. Bueno, creo que ninguno de nosotros podría. Oye, Mencía, a todo esto, ¿qué te dijo el tal Nacho de toda la movida de las cartas?

Mencía se mordió el labio y miró con fijación de psicópata a los ojos de Inés; y luego a los de Debo, Martín y Pablo:

—Al principio no se creía nada, pero leyó los mensajes y ya se ha puesto a ello. Piensa lo mismo que vosotros, que despertamos algo en mi teléfono. Y claro, flipa con lo de ayudarme en el pasado y en el presente. No sé si os he dicho que creo que le molo un poco. Y bueno, hemos quedado el jueves para estudiar las posibles salidas de mi móvil. Tengo que borrar las fotos de mi cumpleaños en las que me chorreaba el liquidillo de la chistorra, no vaya a ser que las vea...

TARDE DEL JUEVES
17 DE JULIO DE 2025

La nuca le sudaba con grosería porcina, pero sabía que el pelo suelto le favorecía mucho. Y bien valía el sacrificio para resultar atractiva a Nacho, que apareció en la salida del metro de Lavapiés acaso más guapo que en la cita anterior. Llevaba bermudas y gorra, lo que le restaba años y le sumaba interés. Venía con el portátil en la mano y llevaba también una sonrisa ladeada que hacía desear la paz mundial.

La interacción y las palabras eran torpes y manidas al principio, cuando caminaban en busca de aire acondicionado; pero, al poco, brotó la soltura y complicidad de los que se entienden y comparten objetivos.

En una mesa esmaltada marrón, con unas cervezas y los prólogos preceptivos, se lanzaron ambos a la investigación. Repasaron las cartas y convinieron en que la forma de contestar debía ser con el móvil, siguiendo el proceso inverso al que hacían los Mencía y Nacho jóvenes e inexpertos.

Mencía observaba dentro de los ojos de Nacho y veía un abismo caleidoscópico y torrentes desbocados de ilusión.

Él, por su parte, gesticulaba con energía, la miraba con fuerza mientras le explicaba que había estudiado lo que es la DMT, la molécula de Dios.

Abrió el ordenador y tecleó una contraseña de solo cuatro o cinco dígitos, o eso le pareció a Mencía. Tenía unos apuntes que pasó a exponer con ademanes de conferenciante:

—A ver —leyó—, la DMT es un alcaloide triptamínico de poderosos efectos alucinógenos que también se encuentra en algunas plantas, y que se conoce como «la molécula sagrada». Se encuentra de forma natural en el cerebro humano. O sea, se sabe que se segrega durante los sueños y con toda probabilidad produce la plasticidad.

—¿La plasticidad?

—Sí, escucha —contestó sin despegar los ojos de la pantalla—. Las imágenes de los sueños. Se sospecha que una pequeñísima cantidad produce lo que vemos y oímos en los sueños. Y puede que también la segreguemos al morir. Hay quien dice que es el tránsito a otro tipo de existencia… inmaterial. Como el paso de una vida a otra, ¿entiendes?

Nacho miró a Mencía, y continuó consultando sus apuntes:

—Por lo visto, en las experiencias cercanas a la muerte, «sueltas» DMT. Lo que pasa es que no hay forma de aislar la DMT del cerebro, así que son todo teorías. Parece que está en la glándula pineal, que es la parte del cerebro donde los expertos sitúan la intuición, la conciencia…, la parte más mágica, por decirlo de alguna manera.

Señaló con el índice la pantalla, a la búsqueda de datos, y acabó la explicación:

—Regula los patrones del sueño y produce melatonina. Sería la parte mística del cerebro. Y claro, si existe algo como el alma, pues estaría ahí. Y la DMT sería algo así como la gasolina. En grandes cantidades, la cosa cambia. Es, por ejemplo, uno de los activos de la ayahuasca. Te suena lo que es, ¿no?

Mencía, que asentía como si en lugar de sudor tuviera un muelle en la nuca, dijo sin pensar:

—Sí, eso que te dan unos chamanes latinos en un pueblo de Guadalajara. Que vomitas y te sube un montón.

—Eso, ayahuasca. Pues esto es muy parecido. Tiene que ver con visiones y rituales sagrados y movidas mágicas. Que en realidad no es magia, sino cosas que no comprendemos, porque la forma que tenemos de entender el mundo es muy sesgada. Y ahí entra la concepción del tiempo. El tiempo no tiene por qué ser un continuo, pero nosotros lo ordenamos, lo dividimos en días, en horas… Lo sometemos a nuestro entendimiento, pero no deja de ser una interpretación racional. ¿Me sigues?

—Perfectamente.

Nacho llevaba la mirada de la pantalla del portátil a los párpados encendidos de Mencía:

—Sabemos que en el cerebro hay enzimas necesarias para sintetizar DMT. Pero no sabemos si aquella noche la DMT en tu cerebro fue una experiencia cercana a la muerte o una especie de desecho metabólico que te hizo efecto en el organismo como cualquier otra droga. Podría ser que segregaras un locurón de neurotransmisores (serotonina, dopamina, noradrenalina…) de lo que te metiste, o que la reacción biológica de tu glándula pineal provocara una experiencia que alteró eso…, el concepto de tiempo. Claro que podría ser un episodio alucinatorio tan fuerte que alteró tu línea temporal.

—Que estoy pallá, vamos.

—Bueno, nunca has estado muy pacá, pero yo qué sé, hay quien piensa que la vida es una especie de alucinación. Como un simulacro de otra cosa, o algo así.

—¿Entonces no crees que la inteligencia artificial del teléfono tenga algo que ver?

—Fíjate que yo creo que es la mezcla casual de todo: la DMT y la explicación que recogió tu móvil. La tecnología ya supera al humano que le da órdenes. Así que, si hay varias líneas temporales, nosotros no podemos entenderlas, pero una inteligencia más preparada o más abierta que nosotros, sí.

—Drogas y móviles viajando en el tiempo, ¡qué movida!

—No sería así del todo: Yo creo que la física no permite que la materia viaje al pasado, pero la energía negativa sí puede ir hacia atrás en el tiempo y operar cambios, ¿no? Pues algo así ha ocurrido con tu carta: el espacio, el tiempo y la energía se han combinado en una de sus infinitas probabilidades y ha alterado el continuo racional del tiempo.

—Claro. Ahora solo queda saber cómo contestar a la pobre Mencía jovencita; que nos den un Nobel; crear un servicio postal de cartas al pasado y forrarnos. Eso provocaría un montón de líneas temporales, ¿no?

—Quiero seguir investigando lo de la DMT, creo que ahí va a estar la respuesta. Pero sí, es la hostia todo esto.

Nacho sonrió con falso candor y dio un trago largo a la cerveza. Miró la pantalla del ordenador y le explicó antes de cerrarlo que existían unas ondas cerebrales llamadas «alfa» que dominan el cerebro en la vigilia, mientras que las ondas «theta» lo hacían al soñar. Dijo que quería ver si por ahí encontraba algo, pero que se sentía un simple aficionado explorando un mundo enorme y nuevo.

Esto le resultó sugerente y también muy sexual a Mencía, que se retorcía un mechón de pelo con ademanes de seducción cinematográficos.

Poco tenía que ver el hombre curioso y el temple energético *al dente* que tenía delante ahora con el Nacho adolescente y perdedor que conoció en el instituto.

Los tíos de las mesas de al lado le parecieron feos, inferiores. Uno hasta tenía cara de microondas. Al lado de Nacho, todos parecían tullidos medievales.

—Me voy a tener que ir pronto, que tenemos una cena y…

—¿Cómo de pronto?

—Pues no sé. Espera, le digo a mi novia que venga aquí a recogerme y así estamos más tiempo.

Mientras Nacho escribía con soltura un whatsapp, el mundo de Mencía perdía tamaño y brillo.

Cuando él levantó la cabeza del móvil y continuó con el apasionado discurso, Mencía era ya diminuta:

—¿Sabes? Lo del Nobel no es descabellado. Pero tengo la impresión de que todo esto tiene que ver más con la mística que con la ciencia. La DMT produce distorsión espacio-temporal, ¿verdad? ¿Y qué pasaría si esa distorsión fuera la experiencia real? O sea, el principio generador.

—¿Cómo dices?

Cuanto más inteligente parecía Nacho, más le dolía que tuviese novia, y más inalcanzable y atractivo le resultaba. Sentía que su destino sentimental estaba ligado a gente como los de la mesa de al lado, toscos, gritones y deformes, como del medievo astur-leonés.

—A ver, las cosas suceden porque las piensas, ¿no? La realidad existe solo en el cerebro. Filtramos el mundo a través de los sentidos y la mente descodifica la información. O sea, hay unas normas, unas coordenadas como el tiempo y el espacio, que son invenciones para catalogar lo que vivimos, pero lo que te quiero decir es que las alteraciones cognitivas de la DMT tienen más que ver con la espiritualidad que con la neurociencia, ¿no? Tu móvil fue la puerta, pero la DMT fue el mensajero que llevó tu carta.

—Y mi cerebro era la mochila de Glovo del mensajero, ¿no?

—Tu cerebro es graciosísimo desde siempre. Lo he comprobado al leer los mensajes del pasado.

—En el pasado estaba yo un poco descentrada, la verdad.

—Y de mí decías que llevaba camisetas feísimas, el pelo fatal y que siempre sería un pringado.

—Pero ya no lo creo, ¿eh?

NOCHE DEL VIERNES 18 DE JULIO DE 2025

—¿Y la novia fue a buscarlo?

—Sí, se empeñó en presentármela, y no veas qué mal rollo me dio.

—¿Y cómo es? —preguntó Debo maliciosa—. ¿Es guapa?

—Es como una *escort* de gama media, vestida de Springfield.

—Pero ¿guapa?

—Mona, pero arreglada mal.

—¿Llevan mucho tiempo?

—Ni idea, pero no me pegan nada juntos. Nacho es más…, no sé, más… interesante. ¡Oye! ¿Y tú qué tal con Dani?

—Pues acojonada, porque sigue todo genial. Estoy esperando a que me diga que es narco o que le gustan los Funkos y decir: ¡lo sabía! Pero por ahora… No me lo creo.

—Ojalá fuera narco. Nos ahorraríamos una pasta… Pero sí, todos tenemos taras. La cuestión es cuánto tardan en revelarse. A mí se me nota enseguida. Soy impulsiva y asusto. Pero Dani tiene pinta de ser contenido.

—Yo creo que no oculta nada grave. Hay gente que es normal. Me refiero a que tiene defectos y aspectos a mejorar, pero no es un desequilibrado.

—¿Como nosotros?

—Pues sí. Ninguno está muy centrado aquí. Empezando por ti, Mencía, que te mandas cartas desde el pasado. Es tan fuerte y tan loco…

—Yo le doy muchas vueltas. A veces creo que es todo mentira, que me lo he imaginado, que no puede ser.

—Es que, si se pudieran enviar cartas desde otras líneas temporales, ya habríamos recibido noticias de otros tiempos, como en *Tenet.* ¿La habéis visto?

Antes de que nadie contestara, Mencía se impuso sobre la cuadrilla:

—Me estoy viendo todas las series y películas de contactos y viajes en el tiempo. Ayer me terminé *Paper girls.* Y antes vi *Érase una segunda vez.* Me paso el día buscando respuestas, pero claro, es ficción y es gente que viaja en el tiempo. Y bueno, son actores guapos y jóvenes siempre. La teoría de Nacho es que no se puede mandar nada desde el pasado ni desde el futuro, como dices tú, Debo. Pero que es algo mental, de mi cabeza.

—¿Ves como no estás bien de lo tuyo?

—Dice que la DMT que tomamos aquella noche podría tener algo que ver.

—Tiene lógica —apuntó Inés—, quiero decir, que una sustancia que altera tanto pueda cambiar los patrones de tiempo.

De la nada apareció Lolo, con una camiseta sin mangas y ojos de agua caribeña. Pidió cerveza y se unió al grupo en aquel bar de manteles de papel.

—¿Por qué seguimos quedando en Malasaña si es carísimo y nos vamos a ir a Lavapiés después?

—Porque Pablo, Santi y yo vivimos aquí —apuntó Martín.

Hablaron de relaciones asimétricas y de su antiguo amigo José, que andaba dando tumbos de unos grupos a otros para salir escaldado de todos. Pablo y Santi llegaron después. Treinta y dos minutos y varias cervezas después.

En La Noche Boca Arriba pidieron copas y canciones. Santi preguntó a Mencía si se había planteado poner el asunto en manos de la policía y discutieron si había algún fleco que pudieran estudiar como un delito telemático. Lolo se unió a la conversación y abogó una vez más por contactar con algún *hacker.*

—Si conocéis alguno, decídmelo. Yo en este último año no me estoy relacionando demasiado con *hackers* —dijo Mencía con ironía—, pero obviamente tiene que ser de confianza y no puede contar nada ni va a cobrar ni un euro.

—¿Fumamos?

—Venga, sí, voy contigo, Lolo.

Mientras se encendían los cigarrillos, Mencía hizo un resumen de las investigaciones de Nacho sobre la DMT.

—Ojalá fuera verdad lo que dice ese tío. Me encantaría que una droga alucinógena fuera capaz de enviar cartas al pasado.

—A ver, no es eso exactamente. O bueno, sí, pero yo no lo sé explicar bien. El caso es que hay como una línea temporal que está en mi cabeza y que es esta que estamos viviendo, pero, de repente, es mi conciencia la que ha abierto la puerta con la DMT. Porque eso no ocurrió en mi línea temporal, yo no recuerdo haber recibido ni enviado cartas. ¿Comprendes? Porque al mandar esa carta que escribí alteré el pasado; que es lo contrario de lo que ocurre con el tiempo lineal que conocemos, que va hacia adelante.

—¿Cómo? Me he perdido.

—Pues lo que dice Nacho es que lo que somos hoy es el producto de las millones de decisiones que hemos tomado en el pasado. Igual que cada cosa que decidamos ahora, por pequeña que sea, determinará nuestro futuro, ¿no? Entonces, al haber introducido algo que cambia el pasado, como va al contrario y formaría una paradoja, pues se genera otra línea temporal. Algo así sería.

—Claro, si lo piensas, es muy fuerte: cada pequeña decisión cambia radicalmente la trayectoria vital. Quiero conocer al tal Nacho.

—Te va a encantar.

—¿Está bueno?

—Sí, pero es hetero con novia.

—Anda que no me he follado yo a heteros con novia…

—Tú te has follado cosas muy fuertes.

—Ya solo me interesan rumanos que hayan estado en la cárcel. Bueno, ese es como mi ideal. De ahí para arriba.

—Lolo, ¿quién es la persona más fuertecita con la que te has liado?

Lolo dio una calada rápida al cigarro, miró algo que estaba lejos y dijo después:

—Ah, sí. Esto fue insuperable: un gitano sordomudo.

Fumaron, bebieron y se movieron como ratas desquiciadas por Madrid.

MAÑANA DEL SÁBADO 19 DE JULIO DE 2025

Hacía mucho calor en el gimnasio. Un calor pegajoso y mediterráneo.

Mencía estaba decidida a terminar la tabla de ejercicios, aunque cada vez le costaba más mover la máquina de remo. Un audio de su madre interrumpió la lista de Spotify «Motivación extrema»:

—Hola, Cuquita, ¿qué tal estás? Estoy preparando un sofrito y al poner el ajo he pensado: ¿tomará Mencía suficiente ajo? Y yo creo que no, y estoy preocupada porque te veo tan inmadura y tan perdedora que pienso que igual te faltan nutrientes porque no has crecido del todo. ¿Sabes? Hay que tomar ajo. Tiene propiedades expectorantes, antiespasmódicas, antisépticas, antimicrobianas, diaforéticas, hipotensivas y antihelmínticas. Es muy completo, y te vendría muy bien para madurar de una vez. Nada, era solo eso, cuídate, mi amor.

¿En qué momento había aprendido su madre todas esas palabras? Prefirió concentrarse en el ejercicio de remo y no pensarlo.

Algo le ocurría a la máquina, porque apenas podía moverse. Ejercía toda la fuerza posible, pero cada vez le costaba más. Sudaba como nunca.

Se sobresaltó al observar que Nacho se acercaba. ¿Qué hacía Nacho en el «Time Power»?

Antes de poder reaccionar se le rompió el pantalón deportivo al hacer fuerza con la máquina. Fue el mayor bochorno de su existencia, pasada y presente.

Apareció entonces Gabriela, la propietaria del gimnasio, y le dijo:

—No te preocupes, mi niña. Yo soy Dios y esto lo solucionamos juntas, ya verás.

Y cuando iba a plantearse qué estaba ocurriendo, se despertó aturdida.

Con la emoción trastornada y una condescendencia patosa a punto de resquebrajarse, Mencía abrió los ojos como quien abre una persiana cordobesa. ¡Vaya sueño extraño que había tenido!

La resaca tenía sabor salado.

Pensó —o intuyó— que debía de ser la hora de comer.

Entraba una luz violenta y calurosa en el dormitorio. Tenía los labios resecos y la garganta dormida. La cabeza podría ser una cacerolada antigubernamental en ese momento: golpes de sordo dolor, intermitencias gratuitas en morse.

A modo de examen de conciencia recompuso vaga y lacia la noche anterior: recordaba haber bailado y bebido. Bastante en ambos casos. Tuvo una conversación sobre pollas venosas con Lolo y Pablo en un bar de Chueca del que desconocía el nombre. ¿Era ya domingo? No, todavía era sábado.

La inercia y el brazo alcanzaron el móvil y leyó sin enterarse los últimos whatsapps del grupo Tempus Fugit, cada vez más ebrios e inconexos:

Lolo
Mencía, te has ido?
01:31

Martín
Tamo siego
02:09
E no stais
02:40

Me voy con el tío este
Está bueno, no?
03:54

Se llevó la mano a los ojos mientras recordaba cómo se fue a casa de un señor (porque es lo que era) y se acostó con él en un dormitorio que olía fatal.

¡No! ¿Qué iba a pensar su psicóloga?

—Joder, otra vez… ¿Qué he hecho?

Miraba la pantalla del móvil sin ver nada. Solo podía dejar que se calcaran en su maltrecho cerebro las figuras sexuales de la noche anterior: grotescas, innecesarias. Recordaba que no pudieron tener un orgasmo ninguno de los dos y que ni siquiera fue capaz de lubricar. Avergonzada, rememoró también el cabreo contra nada en general que le hizo abandonar aquel piso pestilente para aparecer tumbada en la cama en esta mañana seca.

Le sobrevino una arcada y un conato de lágrima. Deseó morir. Pero no morir sin más: quería morir rodeada de sus seres queridos en un hospital donde todos le dijeran las cosas buenas que había hecho en la vida. Y con mucha morfina y drogas legales. ¿Qué se pondría su prima Raquel? Algo caro y feo, seguro.

Presa de mil inercias, abrió la última conversación de Instagram. No recordaba haber escrito aquello:

Mencía Pérez Torres
Nacho estoy pedo y pienso en ti. O sea, pienso bien

Mencía Pérez Torres
No sé si me explico
Mencía Pérez Torres
Es q me encantaría verte
Mencía Pérez Torres
Ahora
Mencía Pérez Torres
Ahora mismo y aquí
Mencía Pérez Torres
Eres muy atractivo

Intentó en vano borrar los mensajes. Era tal la vergüenza que pensó en no volver a ver nunca más a Nacho. Bloquearlo y no contactarlo jamás. Desaparecerían el uno de la vida del otro y así no tendría que enfrentarse a la vergüenza. Y chimpún. Pensó después en escribir diciendo que no eran para él los mensajes, que era una equivocación. Estaba a tiempo, él todavía no los había visto. Podía inventarse otro Nacho con apellido parecido… No resultaría muy creíble. ¿Y si le pedía perdón? No, eso ya sería el extremo máximo de la indignidad.

MAÑANA DEL LUNES 21 DE JULIO DE 2025

La gente en el trabajo estaba insoportable planificando sus vacaciones a playas atestadas de gente. Comentaban las fotos de los que ya se habían ido a postear su verano a la costa y trabajaban con desgana. Eran pocos y mal avenidos. Algunos faltaban por vacaciones, otros por mero absentismo de lunes. Ninguno actualizaba informes, nadie hacía algo de provecho. Y Mencía, como era de suponer, tampoco.

Trasteaba arriba y abajo con el móvil; huía de la realidad, por supuesto sin conseguirlo. En Tempus Fugit publicaban memes absurdos relativos a lo vivido el fin de semana. Pero lo que le preocupaba a ella era la reacción de Nacho. Los mensajes aparecían como vistos, pero no había respondido y el silencio era un arma blanca con la hoja muy afilada.

La notificación de llegada de un MMS provocó un sobresalto en el maltrecho corazón de Mencía.

Se disponía a abrirlo, pero apareció una llamada de Zaida Carmona y, sin quererlo, respondió.

—¿Mencía? Mencía, ¿estás ahí? —la voz aflautada de Zaida sonaba en una galaxia cercana—, ¿hola?

—Hola, Zaida. ¿Qué tal?

—Pues jodida porque estoy esperando al técnico del aire acondicionado y no viene.

—Ya. Es…

—¡Una vergüenza! La gente se compromete con cosas que no cumple. El trabajo para mí es sagrado. ¿Que pones aires acondicionados? No te digo yo que vayas cantando arribísima como si fueras a invadir Polonia, pero hijo, ¿qué menos que ser puntual? Es que ni coge el teléfono el tío. ¡Ya puede haber tenido un accidente y haberse abierto la cabeza! Es que si no, no me lo explico. Vaya informalidad… Yo soy profesional en lo mío, ¿por qué la gente no lo es en lo suyo? A mí me dan ganas de pedir la baja de España o del género humano. ¡Yo me apeo en marcha si hace falta! Si pudiera elegir ahora mismo, así te lo digo: elegiría ser un objeto. Preferiría ser un picaporte, te lo juro. De metal y bien fresquito. En fin… Mira, Mencía, que yo te llamaba por el tema de Raquel, que ya tengo cositas atadas que te van a encantar.

—Ah, muy bien.

—Sí, ¡ay, espera un momento! ¿Jean Pierre? ¡Para un poco, déjame tranquila!… Ya, disculpa. Es que con esto del calor estamos muy alterados por aquí. ¡El primero, mi gato, que es muy sensible a las temperaturas y a mis cambios menstruales. Oye, ¿cuándo te viene bien que nos veamos? Con el presupuesto que me has dado, tengo cuatro opciones chulísimas. He intentado que sean lo más diferentes posible para que te sea fácil elegir. Pero quiero que las veas, porque no es lo mismo que te prepare un Power Point sin alma que si te las cuento de viva voz al detalle y mirándonos. ¿Sabes? Es estupendo hablar cara a cara, mirarse a los ojos.

—Ah, pues, cualquier día de esta semana por la tarde me va bien.

—¿Sí? Estupendo. Yo es que, mira… la tecnología está muy bien, pero donde esté el contacto humano, que se quite lo demás. Nos estamos perdiendo entre el *big data.* Y ya no sabemos ni quiénes somos ni a dónde vamos. Andamos como vacas sin cencerro por culpa de los móviles, la inteligencia artificial y los ordenadores. En lugar de ayudarnos, nos esclavizan, fíjate lo que te digo. Se han borrado los límites de las libertades y vivimos pendientes de un móvil. Así nos va y así vive la gente… ¡Sin compromiso ninguno! Yo prefiero verte, vienes aquí a la oficina, te expongo todo y nos vemos las caras, que basta ya de tanta tecnología. ¿Te parece, Mencía?

—Sí, sí, estupendo. Me parece bien. Yo también prefiero…

—Perfecto pues. Venga, te mando propuesta de cita por WhatsApp o Hangouts para agendar ya con Google Calendar, ¿vale? Hablamos, ¡chaíto!

—Sí, adiós, Zaida.

En cuando se coloreó de rojo el teléfono dibujado en la pantalla del móvil, apareció la sexta carta de la Mencía del pasado, que la del presente devoró ojiplática:

Madrid, 2 de abril de 2000

Hola, Mencía del futuro:

En esta ocasión te escribimos Nacho y yo. Si te llega este mensaje, por favor, escribe algo, lo que sea, como hiciste (¿como haré?) el 20 de junio de 2025. Seguro que has escrito desde un ordenador. Hazlo exactamente igual y activa las mismas funciones. Incluso realiza todo lo que recuerdes que hiciste en los momentos previos y posteriores: si activaste algún control nuevo, si entraste en contacto con alguna tecnología o viajaste a algún lugar.

Y otra cosa, por favor: busca a Nacho si es que no tienes contacto con él y cuéntale todo. Muy probablemente no te creerá, pero tú solo dile: «El cielo acostado detuvo el tiempo en el beso; y ese beso a mí en el tiempo». Él lo entenderá al instante. Si está vivo y en España, te va a ayudar seguro.

(Todo esto lo ha escrito Nacho, ahora soy yo, Mencía). Yo te pido que me des información útil que me ayude en los próximos años o que me expliques qué tengo que hacer para forrarme como la prima Raquel. Dime al menos dónde conoceré al tal Ramiro ese, para no acercarme. Aunque, bueno, supongo que cuando conozca un Ramiro, me apartaré de él como si fuera Hitler, Satán o los Navajita Plateá al completo y ya está.

Cuídate, cuídame, Mencía, por favor.

Adiós, Mencía.
Firmado: Mencía

Mencía pensó en la terrible responsabilidad de cuidarse para cuidar a otra Mencía suspendida en una dimensión desconocida. Si lograra establecer contacto con ella, ¿cambiaría su presente? Recordó la explicación de Nacho sobre las decisiones del pasado que configuran el presente. Y el futuro como resultado de las decisiones de hoy. Y le pareció de todo punto tenebroso. ¿Y si fuera al revés? ¿Y si lo que hiciera ahora pudiera cambiar su pasado? En tal caso, el cambio de 2000 afectaría a 2025 y a lo mejor podría tener los muslos más tonificados, dos mil euros más al mes en la cuenta bancaria y un marido notario. O también obesidad mórbida, deber un crédito Cofidis y ser de Yoigo.

—¿Mencía? ¿Todo bien? —Luis la miraba con asombro impostado.

—Estás mirando el móvil apagado.

—¿Qué?

—Como la doctora De Mingo.

—¿Quién?

—La doctora De Mingo, esa que se cargó a no sé cuánta gente en la Jiménez Díaz. Días antes la veían escribir con el ordenador apagado.

—Joder, no se me ocurre una imagen más terrorífica.

—Pues, hija, tú estabas igualita.

MEDIODÍA DEL MIÉRCOLES
23 DE JULIO DE 2025

—Qué maravilla teneros aquí a las dos, hijas. Esto de la jornada intensiva es una maravilla. Cunde el tiempo que da gusto.

—Mamá, yo vengo a comer casi todos los días…

—Ya, cariño, lo decía por Mencía, que siempre ha sido más despegá.

Mencía saltó al instante:

—Susana, tú vienes porque no tienes trabajo y así te ahorras la comida.

—Bueno, pero por lo menos viene, que a ti no te veo el pelo. No sé qué vida haces, qué estarás comiendo… Que tienes casi cuarenta años y llevas una vida de irresponsabilidad que a saber. Seguro que te alimentas de precocinados con bien de bisfenol A.

—¿Qué coño es bisfenol A?

—Un disruptor endocrino.

—Ah, claro, que se me ha olvidado tu *cum laude* en Química por la Universidad de Illinois.

—Lo malo del bisfenol es que es imposible saber qué envases lo llevan y cuáles no. Por eso mejor no comprar nada enlatado y ya está. Yo los berberechos ahora los compro en tarros de cristal. Y oye, me saben más ricos y me quito de problemas, que el bisfenol te afecta a todo. ¡A todo!

—A la cabeza también.

—Seguro, Mencía, seguro. Te hace engordar sin hacer nada. Engordas solo porque esté en contacto con la comida. ¿Sabes también qué cosas tienen bisfenol A?

—Sorpréndeme, mamá.

—Los tickets. Los tickets de la compra. Yo ya no los cojo. Ahora entiendo los quince kilos de los últimos cinco años. Todo el día mirando si me han hecho el descuento del Club Dia manoseando el ticket y engordando como un león marino. Claro, yo sin saber nada.

—Igual, no sé, influyen los torreznos y las cervezas que tomas. Por decir algo, ¿eh?

—Algo sí, pero el bisfenol A de los tickets no me lo quita nadie. Eso ya se me ha quedado para siempre. A ver si me pongo a plan para la boda de la prima Raquel.

—Uy, pues vas tarde, que es el 20 de septiembre.

—¿En qué cae?

—En sábado, mamá —interrumpió Susana—, ¿no te acuerdas que esto ya lo hemos hablado?

—Igual unos kilos me puedo quitar. El lunes empiezo la dieta.

—¡Tu frase de siempre! Por cierto, Susana, el sábado he quedado con la *wedding planner* esa chalada, para montar la despedida. Molaría que vinieras.

—¿Te ha dado presupuesto?

—Se lo he dado yo. O sea, con el dinero me va a presentar varias opciones. Vente, anda, y así decidimos entre las dos.

—¿No os quedaréis con el dinero de la prima Raquel, no?

—Joder, mamá, qué cosas tienes —protestó Susana.

—Ella me paga una especie de sueldo, pero luego tengo que ir apuntando el coste de todo. Aunque no te creas que no lo he pensado —replicó Mencía—, pero es tan cutre que pide facturas y tickets de todo, se ve que le da igual el bisfenol A.

—Pero os lleváis bien vosotras con su hermano y ella —apuntó la madre mientras recogía la mesa—. ¿Te acuerdas, Cuquita, de pequeños cuando jugabais a funcionarios de prisiones? Lo pasabais estupendamente…

—Mamá, no. Otra cosa es que tú quieras que nos llevemos bien, pero son unos nuevos ricos de manual. No nos llevamos mal, pero ya está. Es que solo hablan de dinero. Y de comida. Yo le organizo la despedida porque me lo habéis encalomado entre todas, pero ni puta gracia me hace…

—Nadie te obliga. Tú tomas tus decisiones y estás en el sitio de la vida al que tus decisiones te han llevado.

—¿Cómo dices?

—Que no te quejes de organizarle la despedida a la prima Raquel.

—No, no. Lo de las decisiones… Es que últimamente lo oigo mucho: que el hoy es la consecuencia de lo de ayer y que el destino depende de lo que decidamos ahora.

—Claro hija, yo lo creo a pies juntillas.

—¿Entonces tú decidiste estar arruinada, gorda y desequilibrada?

Susana espetó en voz baja «cómo te pasas» y miró la situación de reojo sin ninguna necesidad.

—Por supuesto que no, pero porque tomé las decisiones equivocadas: tocar los tickets de bisfenol que me engordaban, trabajar en una empresa que quebró y quedarme embarazada… La gracia de la vida consiste justo en eso: en no saber qué decisiones serán al final las buenas.

TARDE DEL MIÉRCOLES 23 DE JULIO DE 2025

Pilar y sus gafas de metal estaban frente a la mesita sobre la que se apoyaban el agua y los pañuelos. El silencio seco y arenoso resultaba incómodo.

Al fin, Mencía dijo:

—Es que ya ni me pone nerviosa, ¿sabes? Hemos aprendido a echarnos las cosas en cara; nos las decimos y es como si nos diera igual. Vamos, a mi madre le toca el coño. O sea, no le importa.

—Ya. ¿Y a ti?

—A mí también. O sea, a mí tampoco.

—Quiero decir, ¿te da igual que tu madre te diga que eres un error o has aprendido a aparentar que te da igual?

—Me haces preguntas muy complicadas, Pilar... Mmm... Yo creo que me da igual, porque esto lo ha dicho después de decir que los tickets de la compra engordan. O sea, tiene autoridad cero. Si me la creyera, estaría zumbada como ella. Lo que pasa es que a veces tiene como... como destellos de brillantez, ¿sabes? Me ha dicho que lo bueno de la vida es no saber las consecuencias que traerá lo que decidimos ahora.

—¿Y estás de acuerdo con eso?

—Creo que sí.

La consulta de Pertíñez Psicólogos era un piso antiguo reformado con gusto, pero con prisa. El suelo del pasillo crujía al andar y se oían las conversaciones de los despachos contiguos. Pilar era la profesional de más edad, y también la fundadora.

Miraba con aparente interés, pero Mencía sospechaba que a la vez la juzgaba moralmente: silenciosa y sibilina como un vegano o un testigo de Jehová.

—¿Crees que tu madre tiene razón? ¿Que no saber lo que va a ocurrir en el futuro nos mantiene felices y estables?

—Pues podría ser, ¿no? ¿Tú qué crees?

—Yo creo que si supiéramos qué va a pasar mañana, la vida no tendría ningún sentido.

—Pero ¿si supiéramos solo algunas cosas? Por ejemplo, detalles a evitar o decisiones que tomar. Eso ayudaría, ¿no?

—¿A qué?

—¡Pues coño, a vivir la vida más cómoda y ahorrarnos disgustos!

—Pero encontraríamos otros disgustos.

—O no. No seas tan negativa, Pilar, que pareces tú la paciente y yo la terapeuta.

Pilar sonrió solo por la derecha.

—¿Qué me dirías si fueras mi terapeuta?

—Que si pudieras advertirte de alguna cosa, o saber cómo ganar dinero, o cualquier otra ventaja…, te diría que lo aprovecharas.

—Pues deberías decirte esto mismo a ti: aprovecha las oportunidades; ya sabes cómo funcionan las dinámicas de salir-beber-liarte con alguien-arrepentimiento y tristeza sin control ninguno de tus actos, como si fueras una niña. Madurar va de eso, de asumir la responsabilidad. Y tus problemas de inseguridad y miedo vienen de ahí, de la inmadurez.

Cuando dejas al volante a tu niña interior y se mueve por miedos y pataletas… Ya sabes que cuando te cuidas y te tratas bien a ti misma consigues objetivos, te das ánimos y tomas las mejores decisiones. Lo sabes.

—Ya…

—Y como hasta septiembre no nos veremos, deberías poner en práctica…

—¿Perdona? ¿Cómo has dicho? ¿Hasta septiembre?

—Sí, me voy de vacaciones.

—¡No puedes irte de vacaciones y dejarme tirada!

Pilar, desde un reinado interior muy suyo, mostró una mueca de sonrisa que tenía muy ensayada.

TARDE DEL JUEVES 24 DE JULIO DE 2025

Mencía era la protagonista de una aventura sin igual. Era Sandra Bullock; era una heroína y la elegida como la voz de su tiempo. Se notaba firme, poderosa, compacta. El destino la había elegido a ella y sentía una descomunal confianza en la situación cuando presentó a Nacho y a Inés, que, tal y como anunció, le parecían «las mentes más brillantes de nuestro siglo».

—Yo no he leído la última carta —se excusó Inés, desviando la mirada y la conversación—, vengo directa del trabajo.

—Lo fuerte de esta carta es que está escrita a cuatro manos, entre Nacho y mi «yo» del pasado. O sea, los dos, él y «yo», pero de jóvenes. Los dos que estamos aquí, pero hace años…

—Ya, ya. Ya lo he entendido. Me la has mandado, ¿verdad? Espera, que la leo ahora…

Inés, con el raciocinio amansado por oposiciones que no llegó a sacarse, leyó en silencio en el móvil, mientras Mencía y sus pupilas brillantes recorrían a Nacho, convertido en una especie de Tom Cruise en sus años «follables». Tenía las manos largas y estrechas y las uñas grandes: rosas y redondeadas. Fugazmente, le parecieron penes erectos, y se censuró y sonrió por dentro al pensarlo.

Llevaba una camiseta gris con un pequeño logo de Carhartt y era, a todas luces, el atuendo más apropiado para seducirla, porque la largura de la manga servía para entrever un brazo torneado por un alfarero dedicado.

El cuello elegante y la mandíbula masculina completaban el cuadro por el que se embelesaba Mencía, que, reparó entonces, culminaba en un sutil agujero en el lóbulo de la oreja, herencia de un pasado desconocido.

—¡Qué fuerte! —exclamó Inés al terminar de leer en silencio—. Se les ve agobiados. O sea, se os ve agobiados... Y un poquito de «comafobia» también veo aquí.

—Desde luego tiene que ser angustioso: haber encontrado una puerta temporal y no recibir respuesta. Porque claro, ellos dan por hecho que nosotros tenemos que ser más listos ahora de lo que éramos entonces, o que tenemos acceso más fácil a la tecnología.

—Claro, Nacho —intervino Inés—, eso es lo que no entiendo. Cómo unos chavales jóvenes en 2000, con ordenadores que eran una patata, consiguen establecer contacto con 2025. Y no solo eso: abren esa puerta y repiten el itinerario. ¿Cuántas veces ya?

—Seis cartas van —apuntó Mencía.

—Oye, Nacho, ¿y qué quiere decir la frase esa de la carta del cielo acostado que había que transmitirte?

—¿«El cielo acostado detuvo el tiempo en el beso; y ese beso a mí en el tiempo»? —Nacho, sonrojado, habló mirando hacia abajo—: Es de una canción de La Oreja de Van Gogh. Ya sabes que me gustaban mucho.

—¿Y ya no?

—Luego renegué de ellos, pero estos días, recordando el pasado, los he vuelto a escuchar y, la verdad, me han parecido mejores todavía.

Inés, intrigada, le preguntó:

—¿Y esa frase tiene algún significado especial para ti?

—Sí, claro. Se llama *Cuéntame al oído,* del primer disco. Y bueno..., era la canción que..., lo típico, ¿no? La canción que me ponía para recordar el beso que nos dimos Mencía y yo en una fiesta.

Mencía negó con la cabeza y los ojos cerrados al tiempo que le daba un vuelco la sangre del corazón equivalente a una transfusión de un litro:

—¿En serio?

—La verdad es que estos días me he reconciliado con La Oreja. Fíjate que hasta he puesto de contraseña de mi ordenador «ele, o, de, uve, ge».

Inés vio tan apurado a Nacho que intervino al momento:

—No os ofendáis, pero esos chavales son más espabilados que vosotros. Bueno, que nosotros.

—Pero en ningún caso explican cómo envían las cartas, ¿no? Quiero decir, solo le dan a «enviar» a un MMS ¿desde un ordenador de un cibercafé? ¿Y dónde encuentran el destinatario? Tiene que ser una especie de IP encriptada que les llegó con tu primera carta.

—¡Claro! Me estoy imaginando un ordenador de hace veinticinco años y claro, eran más vulnerables, con más *bugs,* y si podían replicar virus, por ahí se podían colar también otros tipos de archivos. En los sistemas operativos antiguos se podían generar pequeñas porciones de código..., lo que provocaba que los virus se pudieran reproducir. Pero lo suyo es saber cómo sale de aquí la información, no cómo llega allí.

Nacho levantó la barbilla y miró a una y a otra:

—Escabiosis.

—¿Qué es eso?

—Sarna. ¿Sabéis lo que es la sarna?

—Afortunadamente, no —replicó Mencía.

—La sarna es un proceso de infestación de un ácaro en la piel de un humano. Es un bicho que no se ve a simple vista de lo pequeño que es. Tiene ocho patas porque son insectos arácnidos y la hembra de este ácaro, en cuanto nota calor y olor humano, deposita sus huevos bajo la piel de alguien. Segrega sustancias que son las que producen picor. Y al cabo de unos días o unas semanas, nacen los ácaros y escarban túneles muy pequeños bajo la piel, que también pican mucho, claro. La sarna se contagia por contacto humano muy cercano. Piel con piel, sobre todo: relaciones sexuales, abrazos…

—Vale, muy bien, ¿y qué tiene que ver esto tan asqueroso con los viajes en el tiempo?

—La configuración de los ordenadores antiguos era algo así como la sarna, la escabiosis: una vez que entraba una información «maliciosa», los vectores de ataque se ponían en marcha y se transmitía reproduciéndose como los huevos del ácaro, creando túneles subcutáneos. Es una idea nada más, pero en lugar de un túnel temporal, igual se trata de un error que solo se puede propagar como un patógeno por un montón de «agujeritos» informáticos. Por eso no es un momento fijo de 1999 o 2000 y uno de 2025… Son diferentes túneles pequeñitos, rutas abiertas a partir de un contacto único y casual. Que tuvo una dirección de ida…, que sería tu carta de 2025 y muchas direcciones de vuelta, que son las salidas de esos túneles de un ordenador antiguo y vulnerable. Es decir, la carta que enviaste al pasado sería como el encuentro sexual que produce que el ácaro hembra deposite los huevos. Y los túneles que hacen los ácaros, como si fuera un parásito informático, son el paso libre sin cortafuegos, sin antivirus y sin nada, para que llegue la información aquí. ¿Tiene algún sentido para vosotras esto que digo?

—No sé, pero me pica todo solo de pensarlo. ¿La sarna no es una cosa como medieval?

—Qué va, hay oleadas cada cierto tiempo. Yo tuve sarna hace cinco años, por eso me informé sobre el tema.

Mencía visualizó un encuentro sexual con Nacho y con ácaros y relacionó de forma bastante primaria el agujero del pendiente en la oreja con un pasado poco higiénico.

Nacho seguía empeñado en hacerse entender:

—Estamos de acuerdo en que tú creaste un pasadizo secreto con la primera carta, ¿no?

Mencía encendió el móvil. Apareció en primer término el pódcast que venía escuchando: «Cómo ser un pibón y seducir a los hombres». No supo si Nacho lo vio, pero con prisa pasó la pantalla al icono de las notas de su Samsung Galaxy, en busca de la carta primigenia.

Capturó las miradas de Inés y Nacho.

Tenía varias carpetas: «Tareas pendientes», «Libros, series y películas recomendadas», «Tips para estar buena», «Lista de deseos», «Lista de la compra», «Recetas bajas en calorías» y «Carta a Mencía del pasado».

Abrió la carta y presionó los tres puntos de la parte superior derecha. Miraron las opciones en silencio:

Organizador de páginas

Plantilla de página

Ajustes de la página

Pantalla completa

Invitar a colaboradores

Añadir a cuaderno compartido

Etiquetas

Guardar como archivo

Debajo de todas las opciones había una estrella, un aspa de compartir y un símbolo de papelera.

Inés sugirió intentar una vez más cada una de las opciones con la carta para encontrar el túnel.

Los resultados fueron tan nefastos como las veces anteriores...

—¡Oye, Mencía! —dijo como si descubriera el fuego—. El teléfono es una inteligencia artificial, ¿verdad? ¿Por qué no preguntamos a la inteligencia artificial?

—¡Es verdad! —replicó Nacho—. ¿Por qué no lo hemos pensado antes?

En el móvil de Mencía abrieron Chat GPT y preguntaron: «¿En qué casos sería posible un viaje en el tiempo?». La respuesta fue la que esperaban y conocían:

> Hasta el momento, según el conocimiento disponible hasta septiembre de 2023, no existe evidencia científica ni tecnología probada que permita realizar viajes en el tiempo. Los viajes en el tiempo, tal como se representan en la ciencia ficción, plantean numerosos desafíos teóricos y prácticos que aún no se han resuelto.
>
> Sin embargo, hay algunas teorías y conceptos en la física que han sido objeto de debate y especulación sobre la posibilidad teórica de viajar en el tiempo. Estos incluyen:
>
> **Agujeros de gusano:** algunas teorías de la relatividad general sugieren que los agujeros de gusano podrían conectar dos puntos distantes en el espacio-tiempo, lo que teóricamente permitiría viajar entre ellos, incluyendo posiblemente viajes en el tiempo. Sin embargo, hasta ahora no se ha demostrado la existencia de agujeros de gusano e, incluso si existieran, serían altamente inestables y requerirían una tecnología muy avanzada para ser utilizados de manera segura.
>
> **Teoría de la relatividad:** según la teoría de la relatividad de Albert Einstein, el tiempo es relativo y puede dilatarse o acelerarse

> dependiendo de la velocidad y la gravedad en la que se encuentre un observador. Sin embargo, esta dilatación del tiempo solo se ha observado a escalas muy pequeñas y no permite viajar al pasado de manera práctica.
>
> **Paradojas del tiempo:** una de las paradojas más conocidas asociadas con los viajes en el tiempo es la paradoja del abuelo. Imagina que viajas al pasado y evitas que tus abuelos se conozcan, lo que impediría tu propia existencia en el futuro. Estas paradojas generan problemas lógicos y de causalidad que aún no se han resuelto.
>
> Hasta ahora, los viajes en el tiempo solo son posibles en la imaginación y la ficción. La física actual y nuestra comprensión del universo no han proporcionado una base sólida para afirmar que los viajes en el tiempo sean una realidad factible. Sin embargo, la ciencia y la comprensión del universo siguen avanzando, por lo que nunca se puede descartar completamente la posibilidad de que algún día se encuentre una teoría o tecnología que permita explorar este concepto de manera más profunda.

—Es que nuestro caso no es un viaje en el tiempo, sino una información digital que aparece en otro año —replicó Nacho moviendo las manos como si fueran racimos de pollas enhiestas—. Vamos a preguntar algo más concreto…

Agarró el móvil de Mencía y escribió: «¿Cómo se envía un mensaje al pasado?»; para a continuación leer en voz alta la respuesta:

> Hasta la fecha de corte de mi conocimiento en septiembre de 2023, no existe evidencia científica ni tecnología probada que permita enviar mensajes al pasado. El concepto de enviar información hacia el pasado plantea numerosos desafíos teóricos y prácticos que aún no se han resuelto y hasta ahora solo existe en la ciencia ficción.

El principal problema con enviar un mensaje al pasado es que viola las leyes fundamentales de la física, como la causalidad y el principio de consistencia cronológica. La causalidad establece que las causas deben preceder a los efectos, y el principio de consistencia cronológica sugiere que los eventos del pasado deben ser consistentes y no pueden ser alterados por eventos futuros.

La idea de enviar información al pasado plantea paradojas que no tienen una solución clara, como la paradoja del abuelo.

Hasta la fecha de corte de mi conocimiento, no se ha propuesto una teoría sólida que permita resolver estas paradojas y hacer posible el envío de mensajes al pasado de manera coherente y lógica. La ciencia y la física teórica continúan siendo temas de investigación y debate, pero por ahora los viajes en el tiempo y el envío de mensajes al pasado siguen siendo conceptos especulativos y ficcionales sin base científica confirmada.

—¡Qué pesada! Esta IA es lerda, la pobre. Hay que joderse con la fecha de corte de su conocimiento, ¡2023! Y también tiene «comafobia» de esa…

—Pero estamos en 2025, se tiene que actualizar —contestó divertido Nacho.

—¡Claro! —respondió Inés—. ¿Y si estamos usando una tecnología que ya funciona, pero que los humanos no comprendemos y no somos capaces de enseñar a las máquinas? No sé si me explico: si un túnel conecta 2025 con 2000, ¿por qué no va a haber otro túnel que conecte 2025 por ejemplo con 2076? Puede haber infinitos túneles, o agujeros informáticos como los de los ácaros esos de la sarna. Pero son aleatorios o no podemos explicarlos con el conocimiento humano, y como no podemos crear un patrón para la inteligencia artificial, solo puede decir: «Hasta donde llega mi conocimiento»; pero claro, estamos hablando del conocimiento de

2025... Bueno, de 2023... Pero una cosa es lo que conoce y otra de lo que es capaz. Y la IA ya tiene la habilidad para mandar mensajes entre distintos momentos temporales, pero no tiene una programación que le explique racionalmente esa capacidad.

Mencía miraba con estupefacción a Inés, que agarró el Samsung y dictó al chat: «¿Puede ocurrir que tengamos la tecnología para enviar un mensaje al pasado, pero no tengamos una comprensión avanzada del tiempo y el espacio?».

Y la respuesta que leyó Mencía en voz alta después de carraspear fue:

> Es teóricamente posible que en el futuro se desarrolle una tecnología que permita enviar información al pasado, incluso sin una comprensión completa y avanzada del tiempo y el espacio. Sin embargo, es importante destacar que, hasta la fecha de corte de mi conocimiento en septiembre de 2023, tal tecnología no existe ni se ha demostrado su viabilidad.
>
> En el pasado, ha habido ejemplos en la historia de la ciencia y la tecnología en los que se han desarrollado dispositivos o técnicas sin una comprensión completa de los principios subyacentes.
>
> En el caso de enviar un mensaje al pasado, incluso si tuviéramos la tecnología, es importante tener en cuenta las implicaciones y desafíos teóricos asociados con el envío de información hacia el pasado. Las paradojas del tiempo y la violación de la causalidad siguen siendo cuestiones no resueltas en la física y la ciencia teórica. En ausencia de una comprensión sólida de los principios subyacentes, podríamos enfrentar consecuencias imprevistas o conflictos con las leyes fundamentales de la física.
>
> La ciencia y la tecnología siguen avanzando, y es posible que en el futuro se produzcan nuevos descubrimientos y avances que cambien nuestra comprensión del tiempo y el espacio, lo que podría

abrir nuevas posibilidades para explorar conceptos como los viajes en el tiempo o el envío de mensajes al pasado.

—Por lo menos admite que no es imposible.

—Joder, nos van a dar el Nobel, fijo.

Inés preguntó que en qué categoría y Nacho y Mencía respondieron a la vez: «¡Física!», y se miraron con una profundidad sonriente. Ella bajó los párpados y él, después, también.

Inés rio y contestó:

—Fijaos en lo que dice: que puede haber consecuencias imprevistas, puede ser una catástrofe.

—¿El qué?

—Manejar una tecnología que no entendemos. ¿Y si las paradojas temporales provocan que terminemos con el mundo? Si alteramos el destino, tal vez unas cosas llevan a otras; el efecto mariposa actúa en el tiempo además de en el espacio y terminamos con la especie humana.

—Entonces no nos darían el Nobel —replicó Mencía.

—Nos darían el de la Paz si revertimos el proceso —añadió Nacho.

—¿Cómo has dicho?

—Que en todo caso nos darían el de la Paz, no el de Física.

—Has dicho: «Si revertimos el proceso».

—Sí —contestó Nacho mirando los ojos almendrados de Inés sin comprender.

—Los mensajes de Mencía joven son «de vuelta», es decir, siguen el proceso inverso del mensaje original «de ida» de la Mencía actual —apuntó Inés.

—Sí, hija, vaya descubrimiento —dijo Mencía para mostrar inteligencia delante de Nacho.

—Lo que quiero decir es que, tal vez, para que llegue una carta tuya no hay que dar a «responder» al mensaje; hay que usar el canal que utiliza ella para escribirte. No puede entrar con el ácaro de la sarna poniendo huevos. Hay que encontrar una piel, o sea, un ordenador «vulnerable» por donde pueda entrar la hembra y crear esos túneles.

—¿Los agujeros de gusano o de ácaros? ¿Dar la vuelta al tiempo? —respondió Mencía mirando a sus interlocutores—. ¿Y cómo se encuentra eso? ¿Recreo los noventa? ¿Busco en Google un cibercafé? ¿Pillo un ordenador del siglo pasado y me plancho el pelo como una choni? Es que no se me ocurre cómo usar un canal de 2000…

—Yo sigo pensando que hay que replicar todo lo que hiciste cuando se envió tu texto. Lo de la DMT y todo eso: el tiempo y tal vez también el espacio, son realidades que solo existen dentro de uno y esto es una especie de fallo en Matrix… Es como… como el encuentro sexual en el que se «infecta» un tiempo con el otro.

Las chicas miraban a Nacho, que se embalaba cada vez más:

—Un agujero de gusano se llama así porque se parece al túnel que dejan los gusanos al atravesar la manzana.

—¡Qué asco! —interrumpió Mencía sin que lo advirtiera nadie.

—Obviamente es mera teoría, porque no hay manera de demostrarlo de forma empírica. El caso es que los agujeros de gusano se abrirían de una manera fortuita y rápida.

—¿Rápida en el tiempo? —preguntó Mencía alarmada—. No tiene ningún sentido ser rápido o lento si no tenemos una medida de tiempo estable, ¿no?

Inés y Nacho la miraron con soterrada admiración. Tenía razón evidente y aplastante.

—Bueno, pero son un fenómeno aislado, algo esporádico que, como dice el chat de IA, todavía no existe la tecnología que demuestre su existencia. Serían una especie de atajos en el tejido del espacio-tiempo que conectan dos realidades lejanas. Son como… como formulaciones matemáticas donde se curvaría el espacio y el tiempo y por donde atravesarían esas cartas, que no son materia, claro, son una muy pequeña dosis de energía, son realidades digitales que nosotros le damos forma de mensaje, pero no deja de ser un código. Tal y como están planteadas las variables de la relatividad, la materia no puede desplazarse por estos agujeros, pero un mensaje encriptado digitalmente es en cierto modo un tipo de inteligencia; una forma de codificar. Son los huevos de los ácaros que eclosionarán en otra piel, en otro tiempo. Como no conocemos la estabilidad del canal por el que viaja ese mensaje, necesitamos otra inteligencia que «lea» e interprete ese mismo código. Y eso eres tú, Mencía.

—Pues con mi inteligencia vamos listos.

—Me refiero a la tecnología de tu teléfono, un mensaje que escribas previamente y tu cerebro, con DMT dentro, que sea capaz de «alterar» la línea temporal. Está en tu cabeza, ¿lo entiendes?

—No mucho.

—Yo lo veo un poco cogido con pinzas —opinó Inés—, pero tenemos que admitir que no tenemos ni puta idea.

—No tenemos ni puta idea —repitió Nacho.

Inés, un poco más despacio, dijo:

—Por probar a repetir todo, no perdemos nada. Es eso o ponerlo en manos del Gobierno, del CSIC o algo así…

—A ver que yo me entere —interrumpió Mencía—. Tengo que tomar DMT y escribir una carta en las notas del móvil a mi «yo» del pasado, ¿es eso?

—Pero entiendes por qué, ¿no? El tiempo es una variable que existe en tu cerebro. En realidad, en el de todos. De hecho, lo suyo es que os reunierais todos los que estabais esa noche y en la medida de lo posible repliquéis todo lo que hicisteis y en los mismos lugares, por si la variable del espacio o cualquier otra entra en la ecuación.

—¿Y la DMT dónde se pilla? Porque a los chavales aquellos va a ser imposible encontrarlos…

NOCHE DEL VIERNES 25 DE JULIO DE 2025

En el café Pavón, al inicio de la noche había menos gente de lo habitual: Madrid vacío y seco era patrimonio absoluto de los trabajadores.

La temperatura avivaba el cansancio y los madrileños de nacimiento, y los de adopción también, llegaban al viernes agotados y con ganas de evadirse.

En esas mimbres se desenvolvía con soltura Mencía, acompañada por el ímpetu de media pastilla de MDMA.

Empezó a sentir los efectos al bajar al baño, que rezumaba humedad bodeguera. Los carteles de obras de teatro y conciertos en salas pequeñas se amontonaban en colores y rugosidades que interpretaba en modo automático. Al tiempo, un cosquilleo en la nuca, parecido al comienzo de un bostezo, empezaba a adueñarse de las sensaciones.

Se agachó a hacer pis en el váter con la certeza de que la noche ya estaba encarrilada y no tendría que hacer esfuerzo alguno por disfrutar. Mientras meaba pensó que nadie podría averiguar lo colocada que estaba porque no podrían meterse en su cabeza. Se maravilló, mientras se subía las bragas, de que ir ciega fuera legal y follar fuera gratis. Esta libertad, pequeña y urbana, le pareció un hallazgo maravilloso.

Cuando subió, Pablo y su novio catalán, Iván, ya le habían pedido otra cerveza.

Mencía les advirtió de que le estaba subiendo la pastilla y después la conversación derivó hacia lo malas que habían sido las remesas de pastillas desde hacía un par de años hasta hacía bien poco, que volvían a concentrar un placer mayúsculo.

A partir de ese momento, la noche se tornó una realidad fragmentada, como un cuadro cubista. Hablaron con una pandilla que llevaban pistolas de agua. Se encontraron con Laura C, la amiga de Pablo, que les contó algo sobre alimentación macrobiótica, que volvía a estar de moda, al parecer.

Acabaron en un bar soviético de color rojo que se llamaba La Huelga o, al menos, esta es la información que filtró el depauperado y expansivo cerebro de Mencía.

Había una chica morena que pinchaba Nothern Soul con vinilos. Bailaron y rieron sin freno alguno.

En una horda cumpleañera que entró en el bar, apareció Ramiro, su ex.

—Ramiro.

—¿Qué?

—Que está ahí Ramiro.

—¿Quién es Ramiro? —preguntó Pablo con tono templado y la perenne cara de asombro.

—Ramiro. Mi ex.

La Huelga se convirtió en una suerte de fiesta privada y enloquecida donde los que no tenían veraneo se lo procuraban con arrebato desenfrenado.

Gritos, bailes, música y un ambiente que rozaba el desquiciamiento colectivo. Más que un bar, parecía el *Guernica* de Picasso.

Iván, el amante de Pablo, habló con Ramiro y una amiga suya que se llamaba Rebeca. Hablaban de tópicos madrileños y catalanes, de personajes casi célebres y de usos y costumbres del español medio.

Y así, como suceden las cosas geniales y como suceden también los fatídicos errores, con música de fondo, cuando sonaba *I don't know about you* de The Constellations, Mencía y Ramiro se fundieron en un beso espeso en la puerta del baño.

Fue un beso torpe al principio, a contrapié, improvisado, como de divorciado desvalido.

Se miraron con profundidad atlántica y se besaron, esta vez embebidos en pasión. La respiración, la saliva y el roce, se mezclaron hasta parecer una ambrosía fresca y suave.

Ella unió recuerdos y sensaciones; y añadió el olor. El olor de Ramiro a aceite y a limpieza... Los besos blandos y encendidos. La libido enloquecida de MDMA. La iluminación roja.

... Y de nuevo la difracción de la realidad, el aparecer en otro sitio sin tener conciencia de cómo.

Unos abrazos atropellados en la calle, un cigarrillo, una conversación jalonada de hipo y risa. Y ya, después, una cama deshecha y un desnudarse con torpeza y premura.

Ninguno de los dos estaba muy consciente; estaban los dos presentes, pero con intermitencias.

Abrazos, una erección también discontinua, interjecciones que olvidarían... Y, sobre todo, una sensación que Mencía catalogó como «estar en casa».

No importaba lo que hicieran ahora, porque sabía que lo hacían bonito si lo hacían juntos. Había eso que llaman «química».

El sexo con Ramiro —recordó extasiada— había sido en su día el pegamento de aquella relación.

No dependía de la forma de moverse, de las burradas que se susurraran, ni del ímpetu sexual. Había algo indefinible, una sensación ácida y gustosa del pene abriéndose paso en la morfología de Mencía..., una sensación que no había tenido con otro.

No había literatura ni liturgia que explicara aquella conexión mística. Así que, fugazmente, pensó en la cantidad de tropelías que se podían cometer en nombre de una química amoral y arrebatada como esta.

Todo estaba permitido, el listón bajo tierra, el autocuidado terapéutico a la mierda. El placer de encajar a juego con un ritmo el cuerpo en el otro cuerpo justificaba guerras y paces; dolores y heridas.

Follaron a cuatro patas, como solían hacerlo; ahora igual que hacía doscientos treinta y siete años. Se besaron con hambre infantil. Todo era un movimiento de masas que ocupaba el espacio de forma matemática y anfibia.

A ojos neoliberales fue un polvo estéril, sin orgasmos ni culminación, pero desde la perspectiva epidérmica de Mencía y Ramiro fue una experiencia más plena que una puesta de sol en mayo, de esas que renacen y se apagan sin un principio claro ni un final pautado.

La plenitud les brotaba de la boca al decir «fóllame hasta reventarme» y al tiempo sentir «fóllame hasta que nos enamoremos». Fue, al cabo, un encuentro cargado de magia, drogas, sudor, nostalgia y emoción.

Vivieron tres horas en una hermosa duermevela semiconsciente. A ratos sueño, a ratos conciencia pura.

Mencía aspiraba el olor juvenil y sexual de Ramiro como si esnifara una droga de mucha pureza. ¡Madre mía, qué evocador era ese olor!

Es un soberano gilipollas —pensó a modo de resumen cuando él se quedó dormido—, pero qué bien follamos.

Cogió la ropa y se vistió mientras observaba el cuerpo de su ex, como un cadáver cerúleo tirado en la cama. Tenía cara de buen chico. De ser incapaz de joderle la vida a alguien. Desprendía olor caliente a vicio limpio. Pero le seguía pareciendo un desgraciado.

A Mencía la atenazaba una leve jaqueca que, pronosticaba, iría a más. Miró a un lado y a otro, por si se dejaba algo importante en aquella casa que parecía un piso de estudiantes de Filosofía. Y se fijó en un conejito de peluche azul sobre el escritorio.

Le dio ternura y pereza a la vez. Y un poco de pena también. Ramiro era eso: un niño atolondrado. Un niño tonto que follaba como un dios del Olimpo griego.

MAÑANA DEL SÁBADO
26 DE JULIO DE 2025

La voz aflautada de Zaida se correspondía con un cuerpo menudo y una mirada de persona perdida y encontrada. Además, era pelirroja y zurda, lo que le daba un aire de disidencia estética, que conjuntaba muy bien con sus cometidos laborales, a todas luces una cosa muy friki.

—El local es lo que es —aclaró sin aclarar—, pero tiene posibilidades.

—¿Y está en el centro de Ibiza?

—En Ibiza no hay centro, cariño, Ibiza es una fiesta sin periferia. Eso sí, te advierto que tendríamos que cerrarlo ya. Me lo quitan de las manos. En ese mismo local hoy hay una despedida tematizada de superhéroes.

—¿Superhéroes? ¡Qué locura!

Zaida, con cara de ave migratoria, adoptó su habitual talante filosófico:

—La masa manda. Y además no nos podemos rebelar. La masa siempre tiene el poder. Gente indocta y estólida.

Por supuesto, Mencía desconocía lo que significaba estólida, pero asintió, muy comprometida con la intelectualidad y, ya de paso, detestó al vulgo que adoraba a los superhéroes como nuevos dioses, aunque a ella le flipara la eterna y facilonga lucha entre el bien y el mal.

—En cualquier caso, tu fiesta sorpresa para Raquel finalmente no va a ser temática, ¿verdad?

—Bueno, temática como tal, no… Pero va a ser todo azul celeste.

—Sí, con eso ya cuento, que es el color favorito de tu prima.

Mencía fue hasta el último rincón de la oficina de su empresa —«Jajaja Industrias»— y se asomó al cristal de la ventana mientras Zaida continuaba con la explicación.

—¿Sabes lo que significa el azul? El azul es la verdad, simboliza la cordura y la templanza.

—Ah, pues nos va a venir muy bien entonces.

—Mira, lo mejor del local de Ibiza es que son varias salas de fiestas con despedidas de solteras y solteros cada una con su *disc-jockey* y su *catering* y en la planta de abajo hay una discoteca, donde se juntan todas las fiestas de madrugada.

—Eso le va a gustar a Raquel. Ibiza, fiesta, *disc-jockeys*… Todas las cosas masivas le encantan.

—Es que en Ibiza es imposible aburrirse.

Mencía imaginaba el infierno como imaginaba Ibiza: gente obligada a divertirse. Miró con desgana a través del cristal ahumado. Se sentía el calor en las expresiones de los viandantes.

Una pareja de jóvenes guapísimos caminaba de la mano, con cierta frescura y un halo clandestino. Él llevaba gafas con una montura gruesa típicas de diseñador gráfico y ella tenía unas piernas interminables y una cara familiar, aunque en absoluto vulgar.

Conocía a aquella chica. ¿Dónde la había visto? Repasó sus facciones cuando la pareja se echó a un lado para besarse. ¡No podía ser! Era la novia de Nacho. ¿Era ella? Sin duda era ella: el porte, la elegancia desaprovechada, la clavícula de pija... Porque las pijas tienen una clavícula huesuda muy particular que en la clase trabajadora no se da, es imposible. Era ella, sí. ¿Cómo se llamaba? ¿Olga?

Sin pararse a pensar, Mencía grabó un vídeo a través del cristal.

—¡Qué fuerte! —alcanzó a decir abrumada—, le es infiel.

—¿Perdona?

—No, nada, que esa chica de ahí que se morrea con uno con gafas es la novia de un amigo.

—¿De un amigo sin gafas?

—Pues no sé si lleva gafas, pero desde luego ese no es él.

—A lo mejor no es infidelidad. Pueden tener una relación abierta.

—¿Nacho una relación abierta? Lo dudo muchísimo.

Zaida puso ojos como encomendándose al dios de los ateos:

—Es increíble lo esquivo y egoísta que es el amor. Con los años me he vuelto una experta en esto. Lo veo todos los días; la gente se enamora y cierra los ojos. No quieren a otro: se quieren a sí mismos enamorados. Y el día que despiertan todo es decepción. Y la gente se pregunta: «¿Qué vi en esa persona?, ¿cómo me engañó así?», sin darse cuenta de que el engaño es siempre voluntario. Conmigo celebran la despedida de la soltería y todo son risas... Y luego, cuando vuelven a ella, no quieren celebrarlo porque consideran un fracaso abrir los ojos y darse cuenta.

—Joder, Zaida, eres toda una filósofa de las despedidas de solteros...

—Mi trabajo es despedir. ¿Sabes la carga emocional que hay ahí? No somos conscientes de la liturgia del autoengaño, de la cantidad de capas bajo las que enterramos la loca idea del amor.

Mencía no sabría decir si Zaida era racional como su familia o romántica empedernida a la hora de soltar esos discursos. Lo que tenía claro era que no le apetecía preguntarse por todas esas cuestiones. Le preocupaba no engordar, tener un buen plan ese fin de semana y que las horas de trabajo se le pasaran rápido. Y, por supuesto, tener dinero. Esa sería la forma definitiva de terminar con todas las preocupaciones.

La pareja se fue calle abajo y Mencía miró con complicidad a Zaida, que tomó aire y preguntó:

—Entonces, ¿vais a querer *gyozas* vegetales o de pollo?

TARDE DEL SÁBADO 26 DE JULIO DE 2025

—A lo mejor tienen una relación abierta, yo no diría nada...

—No creo. Nacho siempre ha sido muy tradicional.

—Pero apenas lo conoces, en realidad.

—Ya, Debo, pero lo he conocido en el pasado y era un soso y un conservador. ¡Por favor, si su grupo favorito era La Oreja de Van Gogh! ¡Siendo hetero!

—Pero no le digas nada por si acaso...

—No, no pienso decir nada. Pero vaya historia, ¿no? Imagínate si veo a Dani que se besa con otra... A ti sí te lo diría, claro.

—De hecho, me enfado si lo ves y no me dices nada.

—Venga, pues te prometo que cuando vea a Dani morreándose con una tía te lo contaré.

—Pero no lo digas así, que parece que lo das por hecho.

—¿Estás segura de que Dani no es una rata con dos patas?

—Totalmente. A ver. Si ya se ha mudado a vivir conmigo, es que estoy muy segura.

—O no, que tú en cuanto tienes un novio en cuarenta y cinco minutos ya lo metes en casa. Ese baremo no me vale.

—Ya —aceptó Debo sonriendo hacia abajo—, pero esta vez la cosa va a durar.

—Una relación larga tampoco es garantía de nada —apuntó Lolo—, mira Mencía, que estuvo quinientos años con el Ramiro aquel y resultó que le faltaba un gen o algo así.

—¡Calla, que no os he contado!

Lolo, Debo y también Martín aguzaron los sentidos ante los aspavientos de Mencía, que cuando se hizo con la atención de los otros no se calló:

—Lo que os conté ayer en Tempus Fugit…, lo del tío con el que me lie…

Martín interrumpió:

—Era pescao congelao, ¿no?

—¡Y tan congelao! Era Ramiro, ¡mi ex!

—¿En serio? ¿Pero no dijiste que había sido «un polvazo»?

—Es que, ¡qué bien folla ese imbécil! ¡Me da una rabia que no lo soporto! Pero estuvo guay, sí. También porque íbamos ciegos que parecíamos gárgolas. Y claro, con lo del olor, me venían los recuerdos de lo bien que lo pasábamos con el sexo. Y se me olvidaba lo cutre que era todo lo demás con él.

Martín, pensativo, preguntó a Mencía:

—¿Qué es follar bien para ti?

—Pues no sabría decirte, la verdad… Supongo que a la otra persona le apetezca lo mismo que a mí, y lo haga, claro…

—Yo lo tengo clarísimo —apuntó Debo—: tiene que haber un componente sucio, aberrante.

—Pero un polvo amoroso y tranquilo también está bien… —apuntó Martín.

—A mí me gusta fuerte y flojo —sentenció Debo mientras los demás asentían sonrientes, pero sin saber muy bien cómo se combina lo fuerte con lo flojo.

Martín, convencido de que el sexo no era cuestión de ritmo, se sinceró:

—Y luego pasa eso, que con alguien que te da un poco igual, tienes una conexión sexual increíble, como me pasa a mí con Patricia, que luego no sé ni de qué hablar con ella. O sea, es pregunta-respuesta y eso me agota… Pero luego, en la cama, es una delicia.

Mencía, que se sintió interpelada, dijo:

—Pues yo creo que es precisamente eso: no hay una forma de follar bien o de follar mal. Yo creo que es como besarse: que hay gente con la que congenias y gente con la que no. Yo, por ejemplo, con Ramiro siento una conexión brutal. A ratos todo lento y bonito, de sentir su respiración, y luego momentos súper bestias que serían atenuante en un juicio por asesinato.

—¿Y no te notaste así un poco pillada por él?

—¿Por ese inútil? ¡Qué dices! Le tengo cariño, pero también rabia, así que… Fue una relación muy larga, pero muy tóxica. Él me puso los cuernos mil veces y, al final, yo se los puse a él por despecho. Un horror todo. Me volví una celosa insoportable sin ser yo nada de eso. Es que no puedo vomitar lo suficiente, te lo juro. ¡Qué asco de persona y qué años tan jodidos!

—Ahí voy —continuó Lolo—, que consideramos un triunfo una pareja que lleva mucho tiempo y a lo mejor es un infierno. Y cuando preguntamos: «¿Cuánto tiempo llevas con tu novio?»; si dicen «veinte años», nos admiramos mucho. Y si dicen: «Tres semanas», nos quedamos como «ah, bueno». Y a lo mejor en tres semanas han vivido una historia increíble con profundidad y amor loco que otros en toda su vida ni conocen algo parecido.

—Oye, Mencía —interrumpió Debo—, ¿y Nacho cuánto tiempo lleva con la novia?

—Pues ni idea, la verdad. Pero pobrecito mío. A ver si la deja y se viene conmigo de una puta vez a que le folle fuerte y flojo como tú dices.

Rieron, lo que vaticinaba una noche de copas y alegrías, que Mencía, en un inusitado ataque de madurez, decidió perderse porque acumulaba demasiado cansancio y mucha necesidad de reposo.

MAÑANA DEL MARTES 29 DE JULIO DE 2025

El Kit Kat salía helado de la máquina expendedora y ahora, más que nunca, era el refugio perfecto para la asfixia vital de Mencía.

Sentía que el trabajo la angustiaba, que había cumplido un cupo laboral limitado y que estaba al borde del colapso. No veía final ni sentido a sus días en aquella oficina. Además, el aire acondicionado estaba a una temperatura polar. Se imaginaba al padre Karras entrando entre vaho de hielo.

No soportaba a Héctor y su tono de voz luciferino, ni a la inconveniente Gloria, que ya había vuelto de vacaciones.

Las paredes cargadas de carteles la agobiaban. Las ventanas cerradas, la innecesaria luz artificial…, todo era un sinsentido que duraba demasiado. Las vacaciones estaban lejos. La jubilación estaba lejos. La vida se estancaba entre mesas y folios.

Pablo le envió de parte de su amiga Amparo el teléfono de un supuesto proveedor de DMT con el nombre de «Ramsés».

Como si sus compañeros pudieran leerlo, Mencía se hizo pequeña y miró a un lado y a otro. Imaginó que Ramsés era como todos los camellos que conocía: con camisas estrafalarias y mal cutis.

Escribió un escueto whatsapp. Decía que le habían pasado ese número para conseguir algo y había preguntado si podía llamar.

Apenas cuatro segundos después, recibía una llamada de ese mismo número.

Se levantó y se encaminó a la sala de reuniones acristalada que había en el centro de la oficina. Una vez allí descolgó.

—¿Hola? ¿Ramsés? Sí… Me llamo Mencía… Men-cí-a, sí… Me ha pasado tu contacto mi amigo Pablo, a quien a su vez se lo dio Amparo Pelejero… Sí, sí, la de Valencia… ¿Cómo te lo pido entonces? ¿Por dosis?… ¿Hablamos de actuaciones entonces?… Ah, vale, entiendo, sí, sí… Actuaciones…

Mencía no era consciente de que la parte alta de la cristalera estaba abierta y los compañeros de trabajo no solo la veían, sino que también oían con nitidez la conversación.

—Pues necesito… —titubeó contando con los dedos de la mano que tenía libre— necesito siete artistas. ¡Ocho, mejor! Sí, por si acaso, que sean ocho… Perfecto, vale… Oye, y el precio por artista, ¿cuánto es?… ¿Tanto? A ver, que la vez anterior nos salió gratis y estuvo bien… Necesitamos una actuación normalita, que no quiero quedarme subnormal después… A ver, lo típico… No estar días pillados con la movida, no sé si me entiendes… Ya, sí… ¿Se esnifa? Pues la otra vez la fumamos. ¿Es lo mismo o sube más?… ¿Y precio de grupo no nos haces, Ramsés?… Ya, pero es mucho… Venga, sí… ¿Y cómo quedamos?… Ah, vale, ¿me mandas ubicación por WhatsApp?… Venga, sí, a esa hora puede ser. Vale, genial. Gracias, Ramsés. Cuando esté flotando con los ojos en blanco me acordaré de ti, seguro… Gracias, sí; ¡hasta luego!

Colgó y miró al frente con la sensación de haber intermediado en un litigio complicadísimo. Se dio cuenta de que sus compañeros la miraban extrañados y curiosos y vio las ventanas abiertas. Al salir de la pecera aclaró a todos:

—Nada, que estoy contratando un *boys* para la despedida de soltera de mi prima. «*Boys* y *strippers* Ramsés». Tienen culturistas, enanos, faquires, registradores de la propiedad..., de todo.

De nuevo en su mesa, reparó en una notificación de WhatsApp. Era Ramiro:

Ramiro rata de cloaca
Mencía, me gustó mucho verte el otro día. Estabas muy guapa y jamona. A ver si repetimos, jeje 😉

12:52

MEDIODÍA DEL JUEVES
31 DE JULIO DE 2025

Las croquetas de la madre de Mencía y Susana eran de otro mundo y a la vez eternas: la textura, el color, el sabor y el aroma eran una divinidad a la que rendir pleitesía y, sin embargo, reposaban humildes en una fuente de Duralex.

Se deshacía la parte crujiente y la más cremosa en armoniosa comunión dentro de la boca, lo que provocaba un escalofrío interno equivalente a un octavo de orgasmo.

—Mamá, las croquetas riquísimas, como siempre.

—¿Sabes cuál es el secreto? Ponerles nata. Tan simple como eso. Bueno, y que llevan leche de oveja, porque yo leche de vaca no compro. Porque afecta a la tiroides. ¡Es malísima la leche de vaca! Y la gente ¡venga y venga a beber leche de vaca!, que ni es leche ni nada… Porque lleva tantos antibióticos y la mezclan en bidones tan grandes que…

—¿Qué tiene que ver que los bidones sean grandes?

—Pues mucho, porque hay leche de miles de vacas ahí mezclada, y con que una vaca tenga una enfermedad, ya está todo el bidón contaminado. Es que poco nos pasa, de verdad te lo digo. Las pobres vacas que las exprimen y mezclan todo ahí a lo bestia en bidones enormes. Entonces la gente que se echa leche de vaca en el café, que la usa en los postres, que hace croquetas… Esa gente se trastorna por la tiroides, que lo oí en la radio.

—La gente se trastorna por cualquier cosa —replicó Susana.

—Pues sí, acuérdate de Fermina, la que vivía en el segundo A, que le dio por ver *Misión imposible* de Tom Cruise y no hacía otra cosa. ¡Que desgastó el DVD y todo! Madre mía, así se la llevaron a la residencia porque ya ni se lavaba ni se peinaba ni nada. Solo veía *Misión imposible* con pelos de loca. Qué mal olía Fermina, la pobre.

—Supongo que cuando vio la peli por primera vez algo le haría clic en la cabeza —apuntó Susana— y ahí se quedó.

—Yo no sé si andaba ya mal de la cabeza… Igual si hubiera visto *Titanic* el día que se volvió loca, le hubiera dado la misma ventolera.

—¡Claro! —dijo Mencía—, había miles de posibilidades… Ella se volvió tarumba en ese momento, ¿no? La película fue el detonante, pero si hubiera sido otra película, igual su final hubiera sido distinto.

—No hay forma de saberlo.

—Lo que quiero decir es que tenemos un camino vital trazado, pero cada pequeña decisión cambia un poquito el rumbo. En el presente igual son solo dos grados más hacia la derecha, por ejemplo. Pero en el futuro, esos dos grados se convierten en un montón de kilómetros de separación del otro destino.

—Cuquita, no te sigo.

Mencía no le prestó atención a su madre; ni a su hermana.

Con prístina clarividencia concluyó para sí misma que un pequeño gesto, por ínfimo que fuera, alteraba el destino. Y que, si esto operaba del presente al futuro, tal vez también ocurría en el camino inverso. Sus actuaciones hoy estaban determinando el pasado de esa Mencía joven con la que se comunicaba y de la que no tenía memoria. ¿Tenía esto algún sentido? No. ¿Le importaba? En realidad, tampoco. Por si acaso, no vería nunca *Misión imposible.*

—¿Cuquita? ¿Mencía? Que si quieres la última croqueta.

Se preparó a las tres y media un café con leche de oveja y aspiró los olores de la casa materna. Miró a Susana, que dormitaba en el sofá, con la piel caída y el gesto blando. No soportaba a su hermana, pero la quería. Al ver sus carencias y su necesidad de afecto tan evidente, al verla reclamar siempre la atención y hacerse la víctima cuando al fin la conseguía... La quería, sí. Era mala hermana, pero buena persona.

¿Cómo le podía haber gustado Susana a Nacho? El Nacho del instituto, con gafas y piel accidentada, poco tenía que ver con el atlético Nacho de 2025, tapizado de seguridad.

En la última conversación que había tenido con él, le había dicho que lo que sucede en el espacio sucede en el tiempo; que venía a ser una paradoja que a Mencía le quedaba grande. Habían recordado ruborizados el beso de la Fiesta de la Primavera. Él reconoció que le impactó la experiencia y la recordaba cada cierto tiempo.

Sin darse cuenta, Mencía empezó a sonreír.

Volvió a mirar a su hermana: ¿la quería porque era la única que tenía o porque el amor era algo inmerecido?

Recordó las peleas de niñas, las de adolescentes y las de adultas... Era una relación bélica y sin embargo de amor.

El ventilador giraba con un ruido machacón, pero todo estaba quieto, casi muerto.

Se levantó, comprobó que su madre también dormía y lanzaba un ronquido suave.

Le parecieron tiernos los kilos blandos que asomaban bajo la camiseta. Las facciones de su madre eran bonitas en realidad. Nunca lo había pensado: nunca había visto a su madre fuera del imaginario de lo que es una madre. Solo cuando había visto fotos de los años ochenta en las que su madre era otra. Otra persona joven, con futuro y de aspecto cabal. Demasiado poco trastornada estaba esta señora para todo lo que le había tocado vivir. Demasiado abierta para la educación que había recibido. Y muy probablemente había elegido miedos asociados al progreso por no asumir los miedos que le correspondían generacionalmente. Ella sí que había desviado su trayectoria miles de kilómetros por mera supervivencia. Y el resultado eran unas croquetas fantásticas y una siesta de baba caída. No estaba tan mal ese destino, en realidad.

Mencía se encaminó de nuevo al trabajo.

Gloria bebía un té oloroso y le ofreció a Mencía. Rehusó con amabilidad, dejó el bolso en la mesa y se desplomó sobre la silla, como si la vida le hubiera pasado por encima en un atropello.

Encendió el ordenador y sin mirar a ningún lado escribió:

31 de julio de 2025

Querida Mencía joven:

Hoy he quedado con un tío que me va a vender DMT, que es una sustancia que creo que puede servir para hacerte llegar esta carta a través del tiempo. La idea es repetir a modo de ritual todo lo que hice cuando te llegó el primer mensaje.

No es que no quiera responderte, es que no sé cómo hacerlo y me da mucha angustia.

Desde tu época a la mía ha pasado el tiempo cada vez más rápido sin dejarme siquiera tener conciencia de ello. Vivimos como si no fuéramos a morir nunca, como si nos pudiéramos permitir perder un día, un mes, una hora... Y chica, yo ya no estoy para eso.

El tiempo es el bien más preciado que tenemos y me doy cuenta de que lo he desaprovechado preocupada por tonterías, trabajando para otros y avergonzándome de mí.

El tiempo pasa y no vuelve, y me temo que siempre es tarde cuando nos damos cuenta del poco provecho que le hemos sacado.

Te escribo desde la oficina donde trabajo, un sitio terrible, en el que estoy rodeada de gente que parecen caras de Bélmez. Tengo un trabajo, un sueldo, que son cosas que no suelo valorar, pero que me sirven para tener una vida ordenada. Estate tranquila, que lo peor que te puede ocurrir es que acabes como yo, y sinceramente, no está tan mal: peso siete kilos más que tú, pero cuando me miro al espejo, si llevo el pelo limpio y no he discutido con nadie, me gusta lo que veo.

Sigo siendo una pringada y vivo como si tuviera tu edad: sin dinero, con atracones a deshora, sin responsabilidades y sin saber gestionar lo más básico del día a día. Me siento torpe y me persigue la culpa por todo. Al menos estoy aprendiendo a detectarlo, y creo que es un paso importante.

Mamá y Susana siguen igual de pesadas, pero me alegro de que estén en mi vida. Hoy he comido con ellas. A veces las estrangularía con la cuerda del tendedero, pero para no haberlas elegido no están tan mal. Imagínate tener a Verónica Gómez y su cara de mero de hermana o de madre. ¡Me da una embolia!

No somos la mejor familia del mundo, siempre falta dinero y sobran discusiones. Nunca nos hemos dicho que nos queremos, y es como si fuera implícito en la poca importancia que damos a las peleas de cada día. Como si nos creyéramos inmunes, como si no pudiéramos hacernos daño de verdad. Supongo que entenderás esa sensación de «hogar»; de que pase lo que pase, perteneces a un sitio confortable.

Ten paciencia con ellas, porque cuando todo se tuerza, van a estar ahí. Con sus frases de siempre, sus discusiones... Como si el tiempo no pasara. Eso sí, parece que ni una ni otra escuchen, pero en realidad se enteran más de lo que parece. Y a veces dicen cosas interesantes, aunque es sin querer, por supuesto.

También tienes una familia de amigos increíbles. Todo lo sola e incomprendida que te sientes ahora, se compensará. No pienses nunca más que no mereces que te quieran. Encontrarás a tus iguales: a Debo, a Inés, a Pablo, a Lolo…, a un montón de gente increíble, como le pasó al patito feo cuando se convirtió en cisne; pero salvando las distancias, que no te quiero llamar pato feo. Aunque un poco sí, con ese flequillo que no entiendo cómo nadie te dice nada de lo mal que te queda.

Vas a tener unos amigos estupendos, a los que recurrir para cosas importantes y para cosas que no lo son. Y no tienen dobleces, ni hipocresía… Son unos descerebrados como tú, pero buena gente. Y listísimos. A mí me impresiona lo lista que es esta gente. Y no lo aprovechan. De verdad que no lo entiendo. Si yo fuera tan inteligente estaría forrada.

¿Sabes? El dinero al final es la preocupación eterna. El dinero y el amor. Y no me va bien con una cosa ni con la otra. Pero si lo pienso de verdad, no es importante. Es como si nos hicieran creer que la vida es la búsqueda de riqueza y pareja. Pero cuando tienes pareja, tampoco es para tanto, así que me temo que igual ser rica es un poco decepcionante también.

No sé si me digo esto para consolarme porque intuyo que no tendré dinero ni amor. Es raro, porque no me supone ningún disgusto. Pero no me malentiendas: me encantaría tener un novio inteligente y romántico que me follara salvajemente cada día a la hora de la siesta como un etarra con el tercer grado y tuviera el sentido del humor de un marica. Y ganar tres mil euros más al mes.

En la anterior carta te previne de Ramiro, pero el otro día me volví a liar con él y me di cuenta de que con él viví lo que tenía que vivir, y no hay que huir de nuestra historia, sino disfrutarla, porque tiene sus aprendizajes y siempre merece la pena. La conexión sexual con él es estratosférica, te lo aviso ya. Si te lo encuentras, al menos, tíratelo. Pero no te recomiendo que vaya a más.

En realidad, no te puedo decir gran cosa de tu futuro: si inviertes en negocios inmobiliarios, como los tíos, hazlo antes de la crisis de 2008, o ya a partir de 2015. Si estudias Derecho, no cojas Administrativo con García Barber. Y el principal cambio, en la música, la ropa y en todo, es la forma de consumir: cada día vivimos más insatisfechos, más encerrados en nuestro mundo, pero más pendientes de los demás. Todo nos afecta y nos deprime y buscamos soluciones fáciles y placeres inmediatos. Ya no se pierde el tiempo como antes, porque hay que dar una utilidad a todo lo que hacemos. Hay que ser productiva con todo y no se puede hacer nada gratis. Así que se nos escapa el tiempo y el dinero en trayectos innecesarios, en redes sociales y en gestiones siempre más complicadas de lo que creemos. Nos autoexplotamos y encima presumimos de ello.

Lo único útil que puedo decirte es que disfrutes de cada momento y que vayas por la vida sin miedo. Preocúpate por las cosas que estén en tu mano porque desgasta muchísimo hacerlo por las que no, y no sirve más que para frustrarse.

Mi terapeuta dice que, cuando me cuido y me trato bien a mí misma, tomo mejores decisiones y consigo mis objetivos. Te recomiendo que le hagas caso y que tengas objetivos para, al menos, saber adónde ir en la vida. Sé que lo haces como puedes, que te mueves a trompicones, que todo te da miedo, pero de verdad, confía en mí. Confía en ti. Igual ha llegado el momento de madurar.

Sé que suena fatal, pero hay que asumir responsabilidades, dejar de vivir en la culpa: la propia y la que echamos a los demás. Hay que emprender tareas difíciles que nos harán la vida fácil y dejar de enfocarse en las tareas que hoy son fáciles y nos harán la vida difícil.

Tengo cuarenta y tres años y no he hecho nada en la vida. Supongo que no quieres parecerte a mí. Pero te aseguro que yo voy a trabajar para parecerme a la Mencía que quiero ser en el futuro. Con energía, con amigos racializados, con objetivos, con salud, sentido de la justicia y sin correr de un lado a otro pensando que nunca es suficiente y que siempre hay que esforzarse más.

En cuanto a la Selectividad, apenas recuerdo lo que me cayó. En historia las dos guerras mundiales, eso sí que lo recuerdo, pero nada más. Siento no poder ayudarte con esto.

Eso sí, me acuerdo de las fechas, unos datos que no me han servido para nada en la vida: la Primera Guerra Mundial fue de 1914 a 1918 y la Segunda, de 1939 a 1945. Curiosamente, las dos empezaron en verano.

Todas las guerras empiezan en verano: la Guerra Civil española, la guerra de los Balcanes… Supongo que el calor crispa a la gente. Todo se resquebraja en verano; los amigos cambian, las parejas se dan cuenta de que quieren romper, la vida se ve desde otro lugar y en cierta manera desde otro tiempo.

Este está siendo el verano más extraño de mi vida y ni siquiera sé si es bueno o malo, pero siento que he crecido veinte años. Algo se ha roto, eso seguro.

Mencía, esto no es propio de mí, pero te voy a decir dos cosas que tienen mucho sentido ahora mismo:

Gracias y te quiero.

Mencía

Sin releer la carta, la copió en las notas del móvil y consultó el chat Tempus Fugit:

Martín

Pero no puede ser igual, porque Santi no está en Madrid

16:53

Santi

Que sí, que sí, que cojo un tren de Almería mañana por la mañana, solo para repetir el ritual del viaje en el tiempo

No he hecho esto ni por una novia

Llego mañana sobre las seis de la tarde

16:55

Mencía intervino entonces para dar las últimas aclaraciones:

Vale, genial. Ya he quedado con el tal Ramsés, mañana a las siete. Me debería acompañar alguien, que yo esto de los camellos lo llevo fatal y no sé de qué hablar con ellos

Son 23 euros cada uno. He pillado una dosis de más porsiaca. Si me podéis hacer el Bizum ya, os lo agradezco 🙏🙏🙏

Nacho se vendrá con nosotros, a la terraza de Lavapiés y a repetir todo el recorrido como la noche de autos, pero él no va a tomar DMT para controlar la situación

17:04

Inés

Oye, @Mencía, ¿por qué no metes a Nacho aquí?

Me refiero a si lo metes en Tempus Fugit.

Y ya después de la movida, lo sacamos

17:06

Me parece bien. Espera, que le pregunto

17:07

Mencía Torres añadió a Nacho Piedelobo

Nacho Piedelobo
¡Hola a todos! Ya me ha contado Mencía… Mañana nos vemos. La verdad es que me apetece mucho. Por la curiosidad de ver qué pasa, pero también para veros ciegos de DMT, jajaja 😵‍💫

17:12

Santi
👋 Hola, Nacho, encantado de saludarte

17:12

Debo
Vamos a ser un cuadro

17:12

Nacho Piedelobo
Una pregunta. ¿Por qué se llama así este chat?

17:15

Martín
Es una historia muy larga. De una noche de pedo, por supuesto.

17:15

Pablo
Hola Nacho, bienvenido… Antes nos llamábamos Piso Piloto, pero nada comparado con «Piedelobo»

17:16

Nacho Piedelobo
Es mi apellido, no veas qué cruz🤦

17:16

Es su apellido

17:16

Pablo
Pues lo de Tempus Fugit fue una noche que llegamos a la conclusión de que la gente que dice «Carpe Diem» no merece vivir, básicamente. O sea ¡es una simpleza tremenda! y alguien dijo que «Tempus Fugit» era más refinado, como que suena igual, pero en bonito. Algo así

17:17

Debo
Fui yo quien lo dijo. Por favor acreditad la autoría jajaja
De hecho, lo que dije fue que la gente básica es muy de «Carpe Diem», y la gente exquisita es más de «Tempus Fugit»

17:18

Nacho Piedelobo
Ah! pensaba que habíais puesto ese nombre por el tema de las cartas…

17:18

TARDE-NOCHE DEL VIERNES 1 DE AGOSTO DE 2025

Nada parecía ceremonial y, sin embargo, casi todo lo era.

Mencía temía hacer el ridículo, máxime con Nacho presente. Había aprendido a ocultarse tras una sonrisa falsísima. Miraba de reojo a sus compañeros, reunidos en mística comunión para ayudarla a contactarse a sí misma en otro tiempo. No podía evitar estar tensa y disimular fatal la incomodidad.

Pablo llegó tarde y protestón:

—Pero este calor homofóbico ¿qué es? No se puede andar por la calle.

Eran ocho amigos con un propósito tan incierto como exótico. Lolo, al conocer a Nacho, le dijo que era muy guapo y que confiaban mucho en él. Hubo un interrogatorio amable y varias bromas sobre ciencias y drogas. Santi explicó que se quedaba tres días porque había apañado dos citas Tinder para la resaca del fin de semana. Inés les habló de Guillermina, una cantante gallega que olía muy bien y tenía un humor afín al suyo.

Se sentaron en la misma terraza, en la misma mesa y en el mismo orden que el 20 de junio. Bebieron cerveza. También se habían aprovisionado de las mismas drogas que el día que se abrió el portal temporal.

Decenas, centenas y miles de españoles en ese instante y durante todo el verano hacían lo mismo que ellos en estos momentos: hablar sentados, alterarse la cognición con cervezas y charlas: la grandeza humana resumida en un acto tan simple como el ocio regulado.

Mencía y sus amigos no hacían nada diferente al resto de consumidores de la plaza de Lavapiés ni al resto del planeta. Nada nuevo en siglos de historia: permitían que el tiempo avanzara trenzando la sabiduría de unos y otros, que suministrara combustible intelectual como la especie había aprendido a hacer. Con las relaciones de todos, con la cooperación, con la comunicación. Este y no otro era el secreto de la evolución racional homínida. La diferencia entre bestias y humanos: un lenguaje creado por comensalismo biológico, un paso intermedio hasta ser dioses.

Pero, tal vez, estas ocho personas, *a priori* normales, iban a cambiar la evolución y la métrica del tiempo. Era una responsabilidad y una astracanada, y así lo pensaban todos.

El Samsung Galaxy de Mencía presidía la mesa atestada de cervezas, vacías ya casi todas.

—Tenemos que hablar de inteligencia artificial y de viajes en el tiempo. Y tú, Mencía deberías leer la carta.

—Cuando estemos más borrachos, por favor, que todavía me da vergüenza.

—El día de tu cumpleaños grabamos vídeos en los que comías chistorra y panceta que te goteaba por la barbilla —respondió Debo, que hubo de recular tras ver la cara de bochorno de Mencía, al lado a Nacho—. No viene a cuento tener vergüenza ahora, pero vale, okey todo.

En efecto bebieron, trastearon con los móviles buscando puertas y agujeros de gusano y desvariaron sobre viajes temporales y ciencia ficción; y cada vez que se iban por las ramas, alguien volvía al tema. Hasta que al fin, el cielo se oscureció.

Después de carraspear y mover la boca como una soprano, Mencía pasó a leer la carta paladeando las consonantes mientras los demás asentían.

Notaba la mirada de Nacho anclada con calor, muy cerca. La intuición, o tal vez solo el alcohol, hacían que se sintiera deseada.

Al terminar, todos la aplaudieron y vitorearon y le agradecieron los comentarios. Le dijeron que era una carta preciosa y que la Mencía del milenio pasado iba a flipar al leerla.

Se sentía conforme con la vida. Congraciada con las circunstancias. Como cuando completaba una tabla de hipopresivos o cuando después de escribir una clave en un terminal aparecía «código correcto».

Camino a Malasaña, los ocho hacían bromas etílicas y fumaban. Hablaban, reían y, sin ser en absoluto conscientes, dejaban que se derramase la juventud por los costados en una noche sin brisa.

La entrada en el Club Malasaña prometía una sesión encarnada y trepidante, pero al pagar la entrada y traspasar la puerta comprobaron que estaba vacío.

—¿Qué hacemos? ¿Nos tomamos ya eso?

—No, Mencía, tiene que ser más tarde. Salimos a fumar y luego entramos a tomar una copa.

Salieron, entraron, volvieron a salir y observaron a los que iban llegando, como llamados a un rezo occidental.

A la una y diez de la madrugada Mencía, Debo, Pablo, Inés, Martín, Lolo y Santi tomaron DMT con la inexperta supervisión de Nacho, por su parte alterado por el alcohol y la cocaína.

Ahora que conocían los efectos, tenían cierto vértigo. Ahora que recreaban la unión de dos tiempos en un mundo, temían las consecuencias y sentían, ante todo, «respeto» por la situación, como dijo Santi.

Nacho miraba a unos y a otros, y preguntaba a cada tanto si les había subido. Fumaban en la calle San Vicente Ferrer a la espera de un advenimiento que parecía no llegar jamás.

Martín estaba pálido. Miró al resto y solo acertó a decir: «Quiero vomitar». Se dio media vuelta, avanzó cinco pasos y vomitó con estrépito entre la acera y la calzada.

—Nos han timado con la DMT esta —se quejó Inés—. Yo no noto nada. Ni siquiera noto el regusto raro en la garganta de la otra vez. Igual deberíamos tomar más.

Unos atendieron a Martín, otros entraron a ahogar la decepción en las copas y la electrónica difusa del local. Inés se tomó la dosis extra, dando por hecho que era un timo inocuo.

Se sintieron estafados y tristes. Lolo ofreció *speed.* Debo salió a fumar en silencio.

Mencía miró a una camarera de pelo muy largo y le pareció estar en otro lugar, o tal vez en otro tiempo. Volvió la cabeza, pero la imagen no la acompañó: seguía clavada en la camarera. Movió el cuello arriba y abajo, pero la barra, la camarera y las botellas de detrás se movían con sus ojos allá donde mirara.

—Lolo, me pasa una cosa muy rara. ¿Lolo?

Lolo tenía una estrella de luz detrás y estaba siluetеado a contraluz. A partir de ahí, Mencía se sintió impelida hacia atrás, como si viajara en un tren contra dirección. Sentía ir muy rápido, pero solo del cuello hacia arriba.

El fondo ya no era físico, no era una imagen: era una sensación.

Mencía comprendió que la naturaleza es un engranaje perfecto: cada especie, cada individuo en su «multidimensionalidad», encaja con el otro, lo otro. Cada conciencia es una parte de todo y es todo en sí mismo. Mencía comprendió con cegadora claridad que los pulmones se comunican con la tráquea, los alvéolos dejan pasar el oxígeno y permiten respirar a los humanos. «Nos permiten respirar», pensó. Esto significa que nos conceden el absoluto privilegio de alimentarnos del aire que a su vez producen y purifican las plantas y los árboles a los que regamos con agua. Agua que nos provee la tierra y es la fuente de la vida que conocemos. Agua y sol, que producen sistemas complejos interrelacionados de mil caprichosas maneras.

Cada vez que una especie desaparece, se genera un desequilibrio en el ecosistema: ocasiona la muerte de sus depredadores y la superpoblación de otra especie. Surgen vacíos y oleadas donde el espacio y el tiempo permiten (porque en efecto lo permiten en toda su inmensidad) que la vida sufra grandes cambios y se ajuste al devenir. Uno y a la vez infinitos destinos. Las alteraciones, por pequeñas que sean, tienen un área de influencia impredecible. No es bueno ni malo, tan solo rompen el equilibrio para mantenerlo. Este entendimiento pormenorizado de la naturaleza, lejos de hacerle sentir racional o inteligente, ahondaba en su humildad.

Mencía pensó en lo insignificante que era. Y en la insignificancia de los humanos, hombrecillos pequeños que se creen dioses y son vulgares bestias. Pensó en la vegetación, los líquenes y las flores: ¡qué espectacular riqueza biológica! Las flores, atrayentes, coloridas y místicas, que no eran más —ni menos— que los órganos sexuales cercenados y muertos de las plantas. ¿Por qué la gente regalaba ramos de flores como si fuera algo romántico? Pensó en un posible mundo paralelo de vegetales que dominaran el mundo, donde, para demostrar amor, se regalaran ramos de vulvas, escrotos y penes humanos. ¡Qué absurdo era el mundo que le había tocado vivir desde la condición humana! La genialidad de las flores le pareció una evidencia pornográfica y aplastante. Pensó también —o acaso comprendió— la grandeza de los árboles, protectores y sabios. Tridimensionales y fractales. Con un crecimiento pautado y pausado. Con ramas que se perpetúan e imitan hasta el infinito. Árboles que llevaban en la tierra mucho más que los humanos. Y entonces pensó en las rocas. Rocas pacientes y viejas, llenas de secretos y verdades, guardianas de la vida y de la física inerte. Rocas y piedras silenciosas, que solo existen cuando alguien las ve. Se sintió insustancial e inane. Pero, por una vez, le gustó esta sensación.

Avanzaba de espaldas a velocidad supersónica, pero lo hacía con la placidez de un bebé dormido. Atravesó bosques de abedules, lagunas añiles y praderas esponjosas. Vio a lo lejos construcciones humanas, que le parecieron hormigueros en altura. Las cavernas de una especie invasora que unían sus fuerzas y construían sobre la madre Tierra y la moldeaban hasta secarla. ¿Por qué veía así las cosas? ¿Acaso se había convertido en una hippy y ahora haría malabares en un semáforo? No le parecía peor que su oficina apagada de la calle Orense. Los humanos le parecían una especie letal que, débil y deficitaria, había decidido controlar y exterminar a todas las demás. Añadir cultivos, trocear montañas, abrir caminos y expoliar materiales: los hombres, con un ansia infinita de liderar, estaban solos tras domesticarse y someterse a extenuantes inercias.

Como si se asomara por un balcón, divisó a sus iguales llorar como niños malcriados, clamar por la atención que en realidad no se dispensaban. Querían jugar, querían hacer, y querían ganar; pero no habían comprendido que la dinámica de la vida es sobreponerse y dejarse llevar. Mencía lo veía clarísimo: los humanos, vistos de lejos, querían doblegar el mundo para controlarlo. De cerca estaban solos. Y no entendían que el juego no trataba de ser felices; que la felicidad no era procurarse placer ni que el placer hoy produjera dolor mañana. No entendían absolutamente nada.

Eran críos llenos de manías y de miedos injustificados que se paseaban perdidos y preocupados por sí mismos. Parecían incapaces de ver el universo en el que estaba suspendida Mencía, más allá de la mortalidad: como una masa algodonosa de filamentos transparentes y sonidos acuáticos.

Se sentía acogida y abrazada. Como cuando estaba en el vientre de su madre. ¿Cómo podía recordar aquello? ¿Cómo podía estar tan cómoda a la vez que su madre tan gorda, torpe y escocida? ¿Dónde estaba antes de nacer? ¡Claro! Ahí mismo: donde iba a ir al morir.

Una misteriosa paz se instaló en ella: la condena de la finitud era el porqué de todo. Era tan insignificante la existencia que le reconfortó contemplarla.

Cerró los ojos para sentir corporeidad. Los cerró convencida de que no los volvería a abrir.

MAÑANA DEL SÁBADO
2 DE AGOSTO DE 2025

Estaba consciente, pero se sentía como si soñara. Soñaba que estaba en la casa de su infancia y que vivía inundada hasta los hombros. El agua estancada le impedía moverse con soltura por el pasillo y no podía llegar al dormitorio, donde oía a Susana hablar de hacer yogur con una yogurtera, aunque no la veía. Como tenía cierta autonomía de pensamiento, decidió tomar las riendas y salir a nado por la puerta. Entonces, de forma providencial, encontró una canoa y, subida a ella, salió de casa empujada por la corriente que avanzaba hasta el exterior por la escalera del portal. Se dio cuenta de que tenía voluntad y aquello era un sueño, ergo, podía despertar a la realidad. Lo hizo. Respiró entrecortadamente y se tocó la cara antes de abrir los ojos.

Buscó el móvil con la mano izquierda y se sobresaltó al ver a alguien a su lado y se sobresaltó mucho más al comprobar que era Nacho.

¡Nacho estaba en su cama!

Trató de recordar qué había ocurrido la noche anterior, pero solo le aparecieron *flashes* muy fugaces, fumar antes de subir a casa. Sabía que había hablado con alguien sobre pasar la noche juntos, pero no recordaba que fuera Nacho.

Lo observó de perfil: se movía sincopado con la respiración. Llevaba una camiseta amplia de Mencía y se entreveían unos bóxers de color azul.

¿Por qué no se acordaba de nada? Lo último que recordaba es que había tomado DMT. A partir de ahí, nada, el vacío.

Agarró el móvil para comprobar si había algún rastro de la noche.

En el chat Tempus Fugit solo había tres mensajes de Martín a distintas horas, y decían incoherencias de borracho sin sentido.

El movimiento de Mencía despertó a Nacho, que abrió los ojos y los achinó para sonreírla.

—Buenos días.

—Buenos días, Nacho.

—Vaya ciego anoche, ¿no?

Se recompuso, levantó el cuello y miró alrededor.

—¿Hemos follado tú y yo?

—Pensé que tú te acordarías…

—Perdona, pero no me acuerdo de nada.

—No, si el problema es que yo tampoco.

—Pues entonces es que no ha pasado nada. Yo creo que nos acordaríamos, ¿no?

Ella sintió cierta lástima. Le hubiera gustado que hubiera ocurrido pese a no recordarlo.

Una y otro se estiraron y bostezaron. Mencía llevaba puesto un camisón que hacía años que no utilizaba. ¿En qué momento había excavado en el armario hasta dar con él? ¿Qué tipo de melopea suprimía los recuerdos, pero mantenía una conciencia impecable con decisiones y actos tan elaborados?

Nacho se quejó de dolor de cabeza y Mencía de entumecimiento total del cuerpo.

Se asomaron con miedo a los alrededores de la cama, donde la ropa esparcida y mezclada parecía esperar a germinar en el suelo.

—Mencía, mira.

—¿Qué?

—Eso de ahí.

—¿Mi sujetador? Es de Oysho.

—No, lo de al lado. Es un condón usado, ¿no?

—¡Hostia!

—¿No estaría ahí de antes?

—Pero ¿cómo va a estar ahí? ¿Tú te crees que voy dejando restos genéticos para inseminarme o algo? ¡Eso tiene que ser de ayer!

—Hostia puta. Es que está lleno, atado y todo.

—Oye, Nacho, ¿no me habrás dado burundanga? Porque no hacía falta. Yo estaba deseando acostarme contigo. Y me gustaría acordarme. Es que, si no, ¿de qué sirve?

—¡Pero si yo tampoco me acuerdo de nada!

—Pero ¡si tú no tomaste DMT!

—Ya, tía, no sé... Acabé súper ciego. Lo último que recuerdo fue que te saqué del Club Malasaña porque decías que te habían contagiado el sida por un moco.

—¿Qué? Joder, no me acuerdo de nada. ¿Y estos? ¿Cómo acabaron?

—Martín vomitó varias veces y acabó bebiendo mil copas; estuve bastante con él. El resto estabais todos flipando, sin hablar, como zombis. Inés estaba catatónica, parecía un gusano de seda haciendo su capullo o algo así. Lolo se metió una raya de *speed* y revivió y se fue con una gente que había por allí; pero a partir de las cuatro o eso, ya no recuerdo nada. Me terminé la coca y bebí yo qué sé cuantas copas, un poco por desesperación. Es que la situación era muy rara. No recuerdo ni con quién hablé, ni cómo llegamos hasta aquí, ni… ni el polvo contigo. Y a mí también me jode no acordarme, la verdad.

De pronto Mencía miró a Nacho con miedo. ¿La estaba engañando? No se fiaba de él.

—No me cuadra.

—¿El qué?

—No me cuadra nada, Nacho. Es imposible que no te acuerdes.

—Te lo juro por lo que más quieras. Nunca te mentiría en algo así, joder. Es que de verdad, no sé qué ha pasado, no sé nada.

La expresión de Nacho entonces cambió por completo. Mostraba total honestidad.

Agachó la barbilla y en gesto de retirada y de vergüenza, casi sonriendo añadió:

—Qué rabia no acordarme, pero, por otra parte, qué bien que haya pasado.

—Flipo. ¿Cómo es posible que no nos acordemos? Y tan mal no estábamos si usamos un condón…

—Ya, es un poco raro.

—¿Te acuerdas cuando nos contaste a Inés y a mí tu teoría de la sarna y los ácaros?

—Sí.

—Dijiste que la sarna se contagiaba por contacto sexual y de repente, no sé muy bien por qué, pensé en cómo sería follar contigo. Solo espero que no tengas sarna.

—No, qué va —dijo Nacho sonriendo—, tuve una vez, pero fue tras una fiesta en una casa rural, donde nos contagiamos todos, pero no hubo sexo, aunque sí poca higiene, mucho abrazo y mucho desmadre…

—Sería el colmo: acostarme contigo, no recordarlo y, encima, que me pases la sarna.

—Me siento fatal.

—Ya, estoy igual.

—Me refiero a que estoy fatal porque tengo pareja. O sea, Olga y yo tenemos una relación monógama. Y claro, no me acuerdo, pero es evidente que hubo «voluntad», no sé si me explico…

—Claro, yo no soy de obligar a la gente a follar, qué quieres que te diga.

—Me refiero a que me moría de ganas. Eso seguro. La verdad es que me gustas, Mencía, y no voy a negar que se me había pasado por la cabeza tener algo contigo. Pero de pensarlo a hacerlo…

Estaban los dos sentados en la cama, como si estuvieran habituados a compartir sábanas y oxígeno, a hablar con una cercanía nueva y cómoda.

—Pues perdona que te diga, si hablas de infidelidad, ¿qué más da hacerlo o solo pensarlo? Y más si no te acuerdas.

—Pero el caso es que está hecho. O sea, he sido infiel.

—Me parece una tontería. Y no porque no tenga importancia acostarse con alguien, joder, sino porque es una norma restrictiva que no cambia tus sentimientos por tu pareja, si es que los tienes, ¿no?

—A mí me molestaría que Olga hiciera algo así…

—Mira, me estoy mordiendo la lengua…

—¿Cómo?

—¡En un sentido figurado, hombre!

Mencía volvió a agarrar el teléfono. Buscó el vídeo de la novia de Nacho, el del beso y el paseo de la mano de otro chico y se lo mostró.

—Esto pasó el otro día. Es Olga, ¿no? O sea, ¿no tiene una gemela ni nada de eso?

—¿A ver? ¿Lo puedo ver otra vez?

Nacho miró el vídeo en bucle varias veces sin decir nada. Sujetaba el móvil sentado en la cama, con las rodillas arqueadas y sin expresión en la mirada.

Después de un buen rato, Nacho pidió a Mencía que le enviara el vídeo, que ahora mismo no sabía cómo digerir todo. Por supuesto, ella, con la sonrisa escondida, se lo envió por WhastApp a Nacho, que al verla trastear con el móvil preguntó:

—¿Ha funcionado? Me refiero a la carta y la DMT.

—No he recibido respuesta ni nada.

—Claro, habrá que esperar…

MAÑANA DEL LUNES 4 DE AGOSTO DE 2025

No solo no había tenido resaca, sino que Mencía empleó el domingo en limpiar a fondo la casa y cortarse las uñas de pies y manos.

Se sintió fuerte y animada. Abrió el chat de Tempus Fugit:

Nacho Piedelobo
¿Sabemos algo del año 2000?
13:36

Que fue cuando empezó el milenio y poco más.
Nada de nada 😐
13:42

Nacho Piedelobo
Jajaja
Una cosa: abandono el chat, pero espero seguir en contacto. Gracias por todo, me lo pasé increíble. Sois todos majísimos y me sentí súper a gusto con vosotros. Espero que la resaca os sea leve y que paséis un verano increíble!
Ahora toca esperar a que el pasado reaccione
13:43

Debo
@Nachopiedelobo, muchas gracias por todo!
Me reí un montón contigo. Nos vemos después de las vacaciones!

13:43

Nacho Piedelobo salió del grupo

Inés
Nacho! No soy humana ahora mismo, soy material de compostaje, pero gracias por cuidarnos!
Vaya! Too late

13:45

Ya se ha ido

13:45

Pablo
Oye @Mencía queremos detalles

13:45

¿De qué?

13:45

Pablo
De lo que hiciste con Nacho. Está aún en tu casa?

13:46

Se fue como hace dos horas. Pero no me acuerdo que pasó.
Ni él tampoco. Nos visteis juntos?

13:46

Pablo
Mas unidos que los Estados Unidos
13:46

Pero en la calle?
13:46

Pablo
En la calle y en el Club Malasaña. De eso te acuerdas, no?
13:46

Santi
Menudo espectáculo. Parecíais adolescentes
13:46

Que no, joder, que no me acuerdo de nada.
Que ha pasado la noche en mi casa y había un condón usado y anudado en el suelo y todo.
Pero ni él ni yo nos acordamos de nada
13:46

Pablo
Imposible que no te acuerdes
13:47

Inés
Yo tampoco me acuerdo de nada
13:47

Santi

Pero @Ines, es normal que no te acuerdes, tú eras un gato de escayola

13:47

Pablo

Inés se quedó moñeca

13:47

Tomaste ración doble, no?

13:47

Inés

Estuve en otro mundo. Otro mundo literal: Me llamaba Inma. Y en vez de Guillermina, estaba con un tío que se llamaba Guille. Y llevábamos varios años. Yo era profesora de lengua y literatura en un instituto horrible y me salía la posibilidad de trabajar en un concurso de televisión. Era yo, pero a la vez era otra vida. Yo lo veía clarísimo: Era una posibilidad, como si el destino hubiera elegido una opción entre mil. Porque claro, lo veía todo desde fuera. Como si fuera Diosa, no sé cómo explicarlo.

13:48

Santi

Si no hubiera tomado DMT no lo entendería, pero obviamente, lo entiendo a la perfección y con todos los matices

13:48

Pablo

Jajaja
jaJjaja

jajAjaa
Inés, bebesa, estás fatal de lo tuyo

13:48

Debo
Pero oye, @Mencía ¿cómo es eso del condón con Nacho? O sea, habéis ayuntado?

13:54

Eso parece

13:59

Debo
El condón usado? Y él tampoco se acuerda?

13:59

Usadísimo, tía

14:00

Debo
Pero él no tomó DMT, no?

14:00

No, pero se ve que iba muy ciego también

14:00

Debo
Y qué habéis hecho? Quiero decir, ya que estabais, habéis follado otra vez, no?

14:00

Qué va, ha sido súper raro todo. A ver, yo quería, pero no sé
O sea, es que nos hemos despertado en la cama, pero vestidos y ya hemos hablado, y le he enseñado el vídeo ese de su novia besándose con el intelectual aquel y era todo como raro
Yo le miraba y pensaba «qué fuerte, qué fuerte, me he tirado a Nacho» pero es como cuando Gema se folló a Borja Semper, el del PP , que fue una mierda pero nos escribió a todas para contárnoslo…
Pues es un poco eso.
De qué sirve acostarte con alguien si no lo puedes rememorar? No sé si me explico. Y me daba como corte porque el tío se ha quedado ahí pillado mirando el vídeo, y luego se ha duchado y se ha ido. Eso sí, me ha dado un abrazo al despedirse que he lubricado y todo

14:01

Pablo
Jajjjaja
14:03

Debo
Yo creo que vais a acabar juntos, tía
14:06

Lolo
Os leo ahora. He dormido media hora pero qué diver todo. Me meo viva. Oye @Mencía ¿te ha escrito tu yo del pasado?
14:13

Todos tenían historias más o menos parecidas, con flagrantes vacíos de memoria. Lolo había encadenado tres *afters* antes de volver a casa. Debo se acurrucó en su novio recién estrenado al llegar a casa. Pablo y Santi se retiraron a la vez y apenas recordaban el camino de regreso a casa. Inés tampoco sabía cómo había llegado a la cama, pero al despertar observó la ropa del día anterior doblada y apilada, algo que no hacía ni sobria, por lo que dudó de si alguien la había desvestido.

Todos, salvo Martín que vomitó y Nacho que no tomó DMT, tuvieron experiencias extracorporales que podrían ser también extratemporales.

Mencía consultaba el móvil con arrebato de adolescente para ver si su «yo» del pasado respondía a la carta, que releyó hasta en tres ocasiones pensando en el impacto que le hubiera producido recibirla de joven.

En una de esas miradas clandestinas a su terminal, aparecieron urgentes un montón de mensajes del chat de la despedida de Raquel. Las amigas de su prima estaban en crisis, venga a comprar ropa y a enviar fotos desde inmundos probadores de grandes superficies, como si eso fuera importante.

Nacho apareció entonces en el WhatsApp:

¿Sabes algo? Del pasado, quiero decir.

17:43

Nada. No sé yo…

17:43

Creo que todo lo que trastees con el móvil será positivo.Cuantas más opciones haya, más posibilidades de que llegue la carta.

17:43

He intentado lo de siempre: «responder», «enviar»…, todo. Por si acaso. Por mí que no quede
Igual lo de la DMT no tiene nada que ver con enviar información al pasado

17:44

Imposible saberlo por ahora.

17:44

A lo mejor tendría que ir a terapia

17:44

Tampoco te fustigues. A todos nos viene bien ir a terapia alguna vez.

17:44

Me refiero a que el día que se envió la carta al pasado, yo fui a terapia y le leí la carta a mi psicóloga.
Igual tengo que hacer eso

17:45

Pide cita por si acaso.

17:45

No puedo. Esa señora está de vacaciones y no vuelve hasta septiembre

17:45

Bueno, piensa que las respuestas no te han llegado a intervalos regulares, así que tenemos una ventana muy amplia de tiempo por delante. No perdamos la esperanza.

17:45

Claro! Para nada. De hecho estoy dc muy buen humor. Hasta he puesto una colada de oscuros

17:45

Joder, es que fue todo muy intenso y muy divertido. Al menos lo pasaste bien ¿no? 😊

17:46

Sí 😊

17:46

Me refiero a que el globo que pillaste valió la pena no?

17:46

A ver, es como un centrifugado mental. Es decir, no me apetece tomar más en mucho tiempo. Pero sí, fue una experiencia guay

17:46

A mí me ha entrado la curiosidad por probarlo. No inmediatamente, claro. En unos meses.

17:46

Si es en unos meses, yo me lo tomo contigo

17:46

¿Me lo prometes? ¡Me encantaría!😊

17:46

Aunque si vamos a acabar follando, me gustaría por lo menos recordarlo

17:46

Esto me supone un problema muy gordo.

17:46

¿El qué?

17:47

Que me apetece muchísimo.
Eso. Follar contigo.
Pero ahora mismo no estoy en situación de plantearme nada.

17:47

Ya, bueno. Si necesitas hablar o lo que sea, dime y nos vemos

17:47

Apenas apretó el triangulito verde de «enviar», se arrepintió por resultar fría y cerrar puertas de una forma tan mezquina. ¡Si ella estaba deseando volver a ver a Nacho, abrazarle fuerte y lubricar como una cerda con él!

Precisamente durante un tiempo prefiero no verte y hablar solo por aquí. Tengo que solucionar cosas y estoy hecho un lío. Espero que lo entiendas.

17:48

Mmmm... 🤤

17:48

Como si le hubieran gastado la batería entera, Mencía se sintió derrotada y sola. Su primer impulso fue ir a por dónuts glaseados; el segundo, ir a por cerveza. Y al mirar el móvil se animó de nuevo, pero retrasando la felicidad, como si de verdad fuera adulta, al ver un audio de Nacho:

—Gracias, de verdad. Eres un amor. Pero me genera problemas que me gustes. ¿Sabes? Te mentí con eso de que me gustaba Susana. Me daba vergüenza parecerte un pringado que llevaba desde el instituto detrás de ti. Ya ves qué tontería. La que me gustaba no era tu hermana sino tú. Me pasé toda la adolescencia pilladísimo por ti y a la vez intentando que no me lo notaras. Y claro, cuando tantos años después me escribes y pasa esto tan loco, pues imagínate, yo flipando.

Mencía se quedó en silencio, como si necesitara hacer una digestión. Aparecieron entonces más mensajes escritos en el chat de Nacho:

> Buf, es que necesito poner todo en orden. Un mínimo. O sea, hacer las cosas bien.
> El cielo acostado detuvo el tiempo en el beso y ese beso, a mí en el tiempo
> Eso sí, mantenme al corriente de lo que ocurra en el pasado 😉😂😙
>
> 17:55

MEDIODÍA DEL MIÉRCOLES 6 AGOSTO DE 2025

Esta vez, la madre de Mencía había hecho una ensaladilla rusa que hacía años a ella no le gustaba y ahora sí.

Susana hacía el mismo ruido de siempre al masticar y el servilletero azul era el único que se recordaba en aquella casa. Todo tenía una confortable permanencia para Mencía, hasta que su hermana o su madre abrían la boca.

—¿Qué tal con el cardiólogo, Susana?

—Mamá, que no es cardiólogo, es el que hace los electrocardiogramas. Pero vamos, que mal porque ya no estoy con él.

—Pues si no era cardiólogo, tampoco pasa nada.

Mencía, alarmada por la itinerante sensibilidad de su madre, preguntó a Susana:

—Pero ¿qué ha pasado? ¿Estás bien?

—Nada, que era un jeta. Había que invitarle a todo y yo qué sé, que debe de estar con varias tías más a la vez…

Antes de que Mencía o su madre pudieran intervenir, Susana continuó con la explicación:

—Que todavía no teníamos nada serio, pero me da que es el típico que usa a las tías para que le paguen todo y no se compromete con ninguna. Desaparece durante días y luego como si nada. Y quedas con él y otra vez «¿puedes pagar tú esto?». Y claro, yo, en paro, ¿qué coño le voy a pagar? Y no me apetece verlo más, la verdad.

—Si fuera cardiólogo, todavía.

—Joder mamá, ni por esas. A mí me da igual si se dedica a hacer electros o a capar gorrinos. Yo solo pido que no desaparezca, que no sea un cutre… Pero es que parece que no hay tíos normales. No digo majos, listos o atentos. O sea, me conformo con que sean normales. Ya está.

Mencía miraba a su hermana como si se mirara a sí misma. Sentía algo muy parecido a la empatía, porque ese discurso podría haber sido el suyo hacía unas horas, unos días.

Susana era delgada y guapa. Mantenía un montón de pecas juveniles desparramadas por las mejillas y los ojos grandes y rasgados que no se parecían a los de nadie de la familia. Siempre la había visto como una versión mejorada de sí misma y tal vez por eso nunca se había permitido admirarla. Como si la envidia se borrara con un desengaño amoroso, percibió a su hermana como una amiga. Incluso como una hermana.

—Bueno, pero puestos a elegir, mejor que tenga un buen trabajo, digo yo. Aunque claro, quien tiene que tener un buen trabajo y ser feliz eres tú. Sois vosotras. Porque vaya tontería lo de la pareja. ¿Que la tienes? Pues bien. ¿Que no? Pues también bien. Pero vais a ser las mismas y también igual más felices. Lo importante es cuidarse, no consumir transgénicos y dedicarse al desarrollo personal.

—Como tú, ¿no, mamá? —preguntó con sarcasmo Mencía.

—Pues me ha dejado Pili un libro interesantísimo que os tengo que pasar. Se aprende mucho. Es de comunicación persuasiva.

—¿Qué es eso? —preguntó Susana, descreída de antemano.

—Pues es impactar en los demás para conseguir lo que quieras según la manera de decir las cosas.

—O sea, manipular.

—Mejor decir «persuadir».

—Joder, mamá, qué experta te veo.

—Sí. Sí, más o menos. El libro se llama *Gano dinero con la persuasión.*

—Pero, mamá, ¿te quieres poner a trabajar de otra cosa ahora?

—No, Susana. Lo que quiero es que me hagan caso cuando hablo.

Mencía, parapetada en la ensaladilla rusa, acertó a decir:

—Pues si sirve para que te hagan caso, pásame el libro cuando lo acabes.

—Te vendría muy bien. Pedro Palenque, que es el autor, dice que hay que explicar las cosas de forma creativa, de forma visual.

Mencía reaccionó de golpe:

—Me han hablado de ese tío, ¿no es un poco cantamañanas?

—No, no, es una eminencia. En lugar de decir un mensaje frío, habla desde las emociones. Por ejemplo, él no diría: «Hoy comemos ensaladilla rusa». Diría: «Hoy degustamos la receta centenaria de la ensaladilla de la abuela Lourdes».

Las dos hermanas se echaron a reír.

—¿Dónde está la gracia?

—Mamá, ¿en serio crees que te vamos a hacer más caso si hablas como una mongola? —acertó a decir Susana—. ¿Al Pedro Palenque ese no se le puede esterilizar para que no se reproduzca más?

Mencía añadió:

—Seguro que se autodenomina «disfrutón».

Susana, crecida, añadió entre risas:

—Toma café con el dibujo de un corazón en la espumita.

—Oxígeno al nacer, poco.

—Gente como él denigra al colectivo de hombre hetero cisgénero privilegiado.

La madre interrumpió las chanzas de sus hijas:

—¿Qué es cisgénero?

—¡Pedro Palenque! —apuntó Mencía—. Nada, mejor no me dejes el libro, mamá.

La repentina complicidad entre hermanas resultaba cómoda. Era como un colchón de espuma de rebajas que cumplía la función para la que había sido fabricado.

Al fin y al cabo, su madre era el público potencial del tal Pedro Palenque: una mujer con la autoestima machacada de tantas veces que la habían hecho callar. Una superviviente invisible que solo importaba como consumidora, descreída del sistema y crédula de cualquier autoproclamado gurú. Así la había moldeado la sociedad y la cultura y así había llegado hasta el verano de 2025.

Esa docilidad absurda y esa forma de entender el mundo a Mencía se le antojó muy tierna y por un momento pensó en decirle a su madre que la quería. Pero reculó al momento, porque posiblemente pensaría que había absorbido altos niveles de mercurio escondido en el pescado o que el calentamiento global le estaba derritiendo el cerebro.

Así que miró a su madre y a su hermana, sonrió y recogió la mesa en silencio.

NOCHE DEL VIERNES
8 DE AGOSTO DE 2025

Las amigas de Raquel eran tal cual se perfilaban en WhatsApp. Mujeres jóvenes de genética irregular y cierto *glamour* cortijero. Chicas resolutivas en un mundo pautado y fácil.

Gente que, como diría Debo, brindaban diciendo *«carpe diem»*. Parecían conocerse desde siempre y tenían bromas privadas a las que Susana y Mencía intentaron sumarse con la mejor de sus voluntades y el peor de los resultados.

Al aterrizar, Mencía solo pidió al destino que en 2026 la gente aprendiera a bajarse de un avión porque comprobó al ver en pie a aquellas mujeres menudas de olores fuertes que ni una pasaría el psicotécnico.

Llevaban unas horas en Ibiza y ya le pesaban como meses. Las amigas de Raquel criticaron el hotel de tres estrellas, aunque a ojos de Mencía el estilo de lujo norcoreano casaba perfectamente con ellas.

En el bar de la planta baja una tal Bea con gesto de roedor se plantó delante y preguntó:

—¿A que no sabes cuántos años tengo?

—Pues no, no lo sé. Es que no te conozco.

—Alucina: tengo más de treinta.

Bea miraba a Mencía como si esperara una felicitación y continuó con una sonrisa abierta:

—Ya sé que no lo parezco, pero lo fuerte no es eso. Lo fuerte es que tengo un hijo.

Mencía fingió interés:

—¿Un hijo?

—Sí, tiene ocho meses. Mira la foto, es todo un hombrecito —dijo acercando el móvil—, ¿a que es mono?

El niño era más feo que Huelva y tenía aspecto de tener ya una hipoteca y dos divorcios a sus espaldas, pero Mencía comentó educada:

—Muy mono, ¿cómo se llama?

—Mauro. No veas qué historia para ponerle nombre, porque su padre se llama Juande, de Juan de Dios, y a mí me hubiera gustado llamarle Eros, pero mi suegra se empeñó en que tenía que ser Alberto, por su padre. Y claro, yo conocía un Alberto, pero era así como… como que no era el lápiz más afilado del estuche, ¿me entiendes?

—Ya. Realmente es cierto que no sabes cuánta gente te cae mal hasta que tienes que ponerle nombre a tu hijo, ¿no?

—Bueno, Alberto en realidad es mi exnovio y trabaja en el despacho de mi padre.

Bea quiso aliviar el malestar de Mencía y apuntó:

—… Pero es el típico que hace el tonto todo el día en TikTok.

Mencía, cómplice, apuntó divertida:

—Bueno, claro, es que Tik Tok ha resultado ser la mayor fábrica de cretinos después de la Universidad San Pablo CEU.

—Pues tu prima Raquel y todas nosotras estudiamos ahí.

—Joder, no lo sabía… Pero bueno, habrá todo tipo de gente, quiero decir… Yo es que estudié en la Autónoma.

—Ah, pues eres muy maja, no pareces catalana.

Mencía ni se molestó en explicarle que había una Universidad Autónoma en Madrid desde 1968. Se limitó a esperar al resto para ir un rato a la playa, y pensó en el pobre Mauro sin sacar en claro por qué se llamaba así.

Como todas llevaban sin comer desde 2005 y vivían en el gimnasio, tenían unos cuerpos duros, deformados y pequeños, y las tallas de sus bañadores eran s, xs, bulímica y Santa Muerte. Le pidieron a Mencía que les hiciera una foto y cuando miró la pantalla, lo que vio le pareció una prisión salvadoreña con una pandilla de la Mara Salvatrucha posando.

—¡Venga, hay que decir Raquel!: «¡Raqueeeeel!».

Mencía pensó que estaban todas ya enterrables, pero sonrió y deseó que el tiempo pasara rápido, cosa que por supuesto no ocurrió.

Cuando llegó el momento de cambiarse de ropa para ir a la discoteca, los pasillos del hotel se convirtieron en un internado de educación especial con algarabía e intercambio de complementos a cual más esperpéntico. Cuando al fin todas se «atrezaron» de señoras de pueblo vestidas para cumplir una promesa en una romería, salieron hacia el local de la fiesta.

Bea, que al parecer era de Yecla, Murcia, llevaba un vestido azul con cuerdas de cuero negro y Mencía, sin dejar de mirarla, le dijo a Susana:

—¡Qué bonito es el BDSM!

Su hermana respondió:

—Luego por la noche saca el látigo, el arnés y la bola de morder, ya verás.

Pensó entonces que menos mal que Susana estaba ahí con ella. Y que la despedida, como todas las situaciones absurdas de la vida, también pasaría.

Tomó aire, miró alrededor y lo que vio de Ibiza le pareció predecible y feo. *Mini-markets* con *aftersun* y bikinis, guiris colorados y pizzerías en cada esquina. Comprobaba el itinerario con Google Maps y se comunicaba mientras tanto con Zaida Carmona.

Todo salía según lo previsto, según lo pactado. Incluso cuando aparecieron los aperitivos y las chicas parecían Hannibal Lecter a punto de comerse un lechón de Segovia: gritaban y aplaudían por lo que primero comerían y tal vez después vomitarían.

También chillaban con cada cambio de canción o cada coreografía de Raquel que todas seguían.

Mencía hablaba con la organizadora de la despedida y se cercioró de que todo estaba en orden. Cuando, por fin, pudo relajarse, miró con complicidad a Zaida y dijo:

—Me encanta cuando ponen música en los festivales de drogas…

Zaida la miró sin comprender y preguntó qué era la escultura que había en medio de la pista.

—¿Qué escultura?

—¡Esa! ¿No es eso verde una escultura? Lo han puesto ahí las chicas.

—¿A ver?

Mencía se acercó al centro de la pista y le preguntó a Bea de Yecla:

—¿Qué es eso? ¿Y quién lo ha hecho: un mono borracho?

—Es una sorpresa.

—¿Eso sirve para abrir tercios de Mahou o para qué?

—Es nuestro regalo de boda. Una ensaladera. Es de Tiffany's.

—Ah, muy mona.

Definitivamente, no tenía nada que ver con ese sitio, con esas personas ni con esa vida. Entre angustiada y aturdida decidió darse un paseo por las otras salas de la macrodiscoteca.

—¿Dónde vas? —dijo interceptándola del brazo una amiga requemada de Raquel.

—Nada, iba a dar una vuelta por ahí.

—Venga, te acompañamos —dijo la muchacha bronceada, que tenía de guardaespaldas a otras dos muy semejantes al lado. Susana, al verlas marchar, se unió.

Salieron fuera a fumar y Susana, como si fuera lo habitual en esa situación, se lio con soltura un porro de marihuana. Las otras tres chicas disimulaban los prejuicios y secretamente deseaban la libertad que demostraban las hermanas Pérez Torres.

Tres chicos que entre todos no juntaban ni una tiroides entera les pidieron fuego. Después de dárselo, Mencía y Susana les mostraron las espaldas replegándose ante sí mismas. Mientras las otras tres sonreían embobadas, Susana, señaló al más bajito y le dijo a su hermana:

—Ese, a máxima potencia y gratinado, se hace en diez minutos.

Susana, que ya le había dado alguna calada al porro, estalló en una carcajada. Mencía nunca había valorado el sentido del humor de su hermana, pero ahora se daba cuenta de que era bastante afín al suyo. Entonces señaló al menos bajito, que parecía tener más dientes de lo normal. Sabiendo que Susana ya estaba fumada, señaló al susodicho, que ahora hablaba con las amigas de Raquel, y dijo:

—¿Has visto cuántos dientes tiene este? Le pega un bocado a la esquina y te hace un armario ropero.

Como había predicho, Susana se partía de risa, mientras las necias torrefactadas reían las gracias de aquellos gañanes. Una y otra hermana no podían parar de hacer comentarios sobre aquellos tipos y de reírse de ellos gratuitamente.

—Este tío ha visto *Pretty Woman* todas las veces que la han repuesto.

—Infantea un poco, ¿no?

—Sí: te lo follas y te sale un Borbón.

—Es el típico que cuando te va a comer el toto, no encuentra la pepitilla.

Las otras chicas inflaban su ego deforme mientras Mencía y Susana apuraban el porro sin poder parar de reír:

—¡Ejecución al amanecer! ¡Los tres!

—Abono: todo lo que sea devolver recursos a la tierra, bien estará.

—Igual se pueden aprovechar para generar energía limpia.

Las amigas de Raquel y los tres pazguatos intuyeron que hablaban de ellos y las miraron raro. Como no quedaba porro, Mencía dijo:

—¿Volvemos dentro?

Los chavales se despidieron y dieron sus números de teléfono a las chicas. Mientras volvían a la sala de la despedida de Raquel, Susana comentó:

—Vaya amigos que os habéis echado. Tenían todos la misma cara malrollera. Parecían un vídeo de Aphex Twin.

—¿Un vídeo de qué? —preguntó la de piel terracota.

—Nada —respondió Susana antes de girarse y decir a Mencía—: Yo no sé a qué colegios habrá ido esta gente, pero son sus costumbres y hay que respetarlas.

Como tantas otras veces en la vida, Mencía decidió que la única forma de afrontar la situación era bebiendo hasta la total desinhibición.

Era la despedida de soltera de su prima Raquel, era el momento de celebrar y, además, de premiarse por la gestión del evento.

Raquel, que comía a bocados pequeños de comadreja como su madre, tenía una copa de Gin Fizz siempre en la mano. Se abrazaba a unas y a otras, y repetía que no se creía que fuera a ser una mujer casada.

Las amigas de Raquel iban todo el rato al baño, pero no para drogarse. Susana y Mencía comentaron que vaya panda de meonas eran aquellas tías, que hacían más pis que una cabra en agosto. Pero en realidad el baño para ellas era el lugar en el que chequear y retocar sus complicados peinados y *outfits* y también comentar sus bromas y secretitos tontos.

Zaida, la organizadora, hablaba con el servicio, como si preparara lo que ya había preparado de antemano. Llevaba unos cascos de diadema para comunicarse con el jefe de cocina y de seguridad, y se movía con altivez de presidenta.

Esta imagen le supuso a Mencía tomar conciencia de su labor: había decidido el local, las *gyozas,* el horario y hasta había organizado vuelos y alojamiento. A nivel teórico, era una celebración impecable.

En el plano práctico, sintonizaba más con los estudiantes y parados camuflados de camareros de eventos a tiempo parcial, o con la DJ resignada a trabajar en Ibiza en eventos muy posiblemente para ella denigrantes. Echaba de menos el humor afilado de sus amigos y le sobraba el encorsetamiento de gente que se soltaba la melena dos veces al año. Hablaba con unas y con otras, pero le costaba reír con sus bromas de claro e indisimulado clasismo.

Pedían una y otra vez canciones de Camilo Sesto, ABBA y Raffaella Carrà. Hablaban tapándose la boca con la mano, como si hablar fuera algo de mal tono en una mujer.

Brindaban para felicitar a Raquel porque había «cazado» a Juanfer, un «marido diez» y se saltaban la dieta «porque la ocasión lo merecía».

El espectáculo apenaba a Mencía y a la vez la hacía sentirse como una especie a punto de extinguirse. Tenía esa tristeza tonta de cuando abría un aguacate y estaba pocho. No podía evitar pensar «habría que coger a toda esta gente y hacer un ciempiés humano con ellos».

Susana se integraba mejor, como si fuera capaz de mimetizarse con cualquiera y así sobrevivir a hecatombes. El porro la había afectado bastante, así que veía el mundo desde un lugar más humorístico y amable.

Mencía, aprovechando la coyuntura y la desinhibición, se le acercó y le preguntó:

—Oye, Susana, ¿tú crees en los viajes en el tiempo?

—¿Viajes en el tiempo? Es que si fueran posibles ya habríamos recibido noticias del futuro y del pasado, ¿no?

—Pero ¿tú crees o no?

—Es que de esto no decía nada el hijoputa de Nostradamus.

—¿O sea que no?

—Yo qué sé, Mencía. No me rayes.

Mencía bebió un cóctel y otro más. Y aunque no terminaba de encontrar su lugar, hubo un momento que la despreocupación se le instaló dentro. Entonces, Raquel, con una corona de perlas en el pelo, se le acercó borracha como una turista inglesa:

—Mencía, gracias. Es una fiesta increíble y te la has currado toda tú.

—Bueno, con la «despedida *planner*», que es muy profesional.

—No, no... No te quites mérito. Eres una crack.

Tal vez la palabra «crack» estaba en la lista de las cinco expresiones más odiadas de Mencía, con «implementar» o «disruptivo».

—En serio, Mencía. Está todo increíble. Te has ganado los mil euritos de sobra. Mis amigas se lo están pasando bárbaro. ¿A que son muy majas? Estamos locas, pero yo qué sé, nos llevamos fenomenal. Piensa que alguna tiene hijos y todo… y aquí están, por mí. Luego bajamos a la otra sala y a ver si ligas, ¿eh? Que aquí hay chicos muy interesantes. Si vienen aquí a celebrar una despedida de solteros es que tienen dinerito…

Mencía asentía y daba tragos a la copa porque no sabía qué responder. Raquel seguía con las loas.

—Y tú te mereces un buen partido, que eres una curranta de raza.

Mencía recordó que «curranta» y «de raza» también estaban en su particular top cinco de expresiones más detestadas.

—Es que esto que has montado es increíble. Todas mis amigas alucinan. Me quieren mucho y harían lo que fuera por mí, y están todas encantadas y todo es gracias a ti.

—Gracias, Raquel, de verdad. Pero no es para tanto.

—Es que ¿sabes qué pasa? Que yo siempre te he visto con las ideas tan claras… Desde pequeña. Es que eres increíble. Y bueno, mira, estoy un poquito borracha y te lo digo como lo siento: yo a tu lado me siento una perdedora.

—Pero ¿qué dices? Si tú eres la triunfadora de la familia.

—Pues yo siempre te he admirado mucho y no te lo digo por una rabia tonta. Llámalo envidia, no sé. Pero yo siempre he querido ser como tú: tu determinación, lo graciosa que eres…

—Para, de verdad. Que veo que estás muy borracha y bueno, yo también. Vamos a bailar, anda.

Después del picoteo de cena y los cócteles, fueron a la planta baja, donde coincidieron con otras despedidas de solteros. Para Mencía supuso un literal descenso a los infiernos: copas de champán que portaban camareros en ropa interior y con pirotecnia alrededor; gente que no sabía consumir cocaína consumiendo cocaína, y una música machacona e impersonal a volumen punitivo.

Bebió un vodka limón y salió fuera a fumar.

MADRUGADA DEL SÁBADO
9 DE AGOSTO DE 2025

Mencía convino consigo misma que los ibicencos hablaban catalán con acento gallego, porque todos los locales con los que había tratado tenían parecido deje al hablar.

Respiraba el aire húmedo de la isla mientras fumaba casi con desesperación.

Se le acercaron dos chicos de cejas espesas y en palpable estado de ebriedad.

—¿Has probado un polo-polla?

—¿Perdón?

—Ahí dentro venden una cosa que es un polo-polla.

—Ah, pues muy bien.

—Sin haber probado al menos un polo-polla, la vida no merece ser vivida.

Mencía ni contestó. Pensó que ahí faltaba una buena pasada de guadaña, que la gente le caía mal y que quería estar en Madrid.

Sin embargo, al abrir el chat de Tempus Fugit y leer las mismas frases y conocer los mismos planes de siempre sintió una aversión nueva: pensó que el futuro de sus amigos quizá tampoco fuera tan diferente del de las chicas de la despedida de soltera. Sabía que unos antes y otros después claudicarían, se retirarían, hablarían de trabajo, tendrían parejas con las que hacer la compra en Carrefour y catas de aceite y mierdas así. Algo parecido a la traición le atravesó el cerebro como si fuera un rayo.

Ella, Mencía, estaba condenada a ser una desgraciada sin brújula ni deriva. Una voraz lectora de libros de crecimiento personal, como su madre. A su paso se darían codazos y los vecinos hablarían de sus manías. Acabaría los meses con números negativos en el banco y le brotarían lorzas entre la camiseta y el pantalón. ¿Acaso había alguna manera digna de revertir el proceso? ¿Tenía que elegir entre una vida propia o vivir sin hacer el ridículo?

Igual que había una Mencía joven que depositaba esperanzas en el presente, habría otras en el futuro quejándose de su inacción actual. ¿Tenía que comprar criptomonedas? ¿Buscar un marido? ¿Meterse en Greenpeace? ¿No volver a tomar soja jamás? ¿No aceptar jamás un ticket del súper? Se dio cuenta de que solo hay una cosa peor que estar perdida y es ser consciente de ello.

Lloraba. Notó el escozor de la máscara negra de pestañas que le resbalaba alrededor y dentro de los ojos. Parecía un mapache gordo y grande.

Unos borrachos le gritaron algo que no entendió y ella, por costumbre, desbloqueó el móvil y chequeó de nuevo el WhatsApp. Sin premeditación alguna, abrió el perfil de Nacho y trató de escribirle algo como:

> Cuando te conocí eras un chico anodino con mucho mundo interior que flipaba con La Oreja de Van Gogh. Nos llevábamos bien y teníamos una conexión honesta y real. Éramos dos almas perdidas compartiendo anhelos

> y futuro. Y ha tenido que ser otra versión mía de aquellos años la que me ha mostrado la persona que eres en realidad. Íntegro, amable, abierto. Eres la excepción que confirma la regla, un milagrito fresco en mitad del verano. Y yo no he sido capaz de verlo por mí misma, y es que, hace solo unas semanas, vivía presa de mil temores imposibles. Me había creado una fortaleza desde la que mirar el mundo.
> Me reconforta saber que un Nacho y una Mencía jóvenes están creando portales de tiempo, agujeros de gusano e infinitas posibilidades de existencia. Aunque, si te digo la verdad, lo que más me reconforta es que entre esas posibilidades esté la de un futuro juntos que por una vez sea un presente.

Sin embargo, el estado etílico en el que estaba solo le permitió escribir:

> Qué puta rabia no acordarme del polvo contigo, joder. Ahora pagaría 500 euros por repetir. Bueno, 500 no, pero algo de dinero sí
>
> 03:39

En su cabeza era exactamente el mismo mensaje.

Entró de nuevo al local. Las acólitas de la despedida bailaban frenéticamente con los tres tíos bajitos que habían conocido antes. Mencía, borracha perdida, le dijo a uno de ellos que se le había caído un cromosoma, que a ver si alguien lo encontraba. Afortunadamente no la entendieron y miraban el suelo pensando que era ella la que había perdido algo.

—¿Qué estamos buscando? —preguntó Zaida Carmona.

—El anillo único para gobernar a todos estos —contestó Mencía, tan faltona como bebida.

Susana se ocupó de llevarla al baño y de mojarle el cuello. Mejoró algo, pero nadie lo notó; ni siquiera ella. Bailó desacompasadamente. Bebió otro vodka con limón y cuando un tipo con orejas rosas de conejo la acosó, Mencía se volvió hacia él para insultarlo. Pero el tío, que tenía aspecto de no haberse perdido un programa de *El Hormiguero,* gritó algo y se fue.

Así que Mencía miró de nuevo el móvil, como si buscara una excusa para cambiar de situación.

Tenía un MMS de Mencía. La vida y las arterias se le paralizaron por unos instantes. Se le olvidó que estaba en Ibiza, que era la despedida de soltera de su prima y que un personaje deleznable le había tocado el culo. Se fue a un rincón a abrir el mensaje; le costaba leer y unir las letras. Era como si descifrara el *Códice Calixtino:*

Madrid, 20 de junio de 2000

Hola, Mencía del futuro:

Dentro de 24 años me escribiré un texto que llegará a Mencía Pérez Torres y tal vez se genere otra corriente temporal.

Esta es la última carta que te envío. Dice Nacho que empíricamente te tienen que llegar. (No sé muy bien qué quiere decir con «empíricamente», la verdad).

Yo creo que no es así, y si te llegan no las lees. Y si las lees, pasas de mí.

Cualquier opción es deprimente, así que dejo de intentar contactar contigo.

La Selectividad me salió fatal, ya lo sabes. Todavía no sé qué voy a estudiar. He pensado en viajar por Latinoamérica y huir de la vida que proponías en tu carta. Temo que el futuro me persiga haga lo que haga, porque igual el destino está escrito y por más que creamos que somos libres, llega a nosotros y no al revés. Voy a intentar olvidarme de todo esto porque me desgasta mucho y no estoy preparada para asumir cosas tan difíciles. Voy a hacerme unos macarrones y a intentar no pensar demasiado.

Que te vaya bien.

Intentaré ser feliz, sobrellevar las *apps,* entrar a los bares aunque las pandemias me lo impidan y hacer reguetón. Y no me dejaré flequillo nunca más.

Hasta siempre, Mencía.
Firmado: Mencía

MAÑANA DEL VIERNES 15 DE AGOSTO DE 2025

¿Cómo puede un país salir adelante con menos de un diez por ciento de población en activo? No había respuesta, pero España estaba paralizada, de fiesta, de resaca o echándose la siesta.

La estación de Atocha era un zoco y Pablo y Santi, al bajar del taxi, se postularon como los varones más atractivos en varios kilómetros a la redonda. Aunque su belleza era más que manifiesta, no tenía ningún mérito en ese momento y lugar. Un señor sudado y sin cuello que parecía un *roll-on* gritaba: «¿Dónde está la vía 12? ¡No existe la vía 12! ¿Pero dónde coño está?». Llevaba una camiseta del Real Madrid con cercos de sudor en las axilas y miraba en todas las direcciones con desesperanza.

Entonces Pablo y Santi se encontraron con Debo y Mencía, que habían sido puntuales. Les esperaba un viaje a Cádiz, maletas, paulatina desconexión laboral, el aroma de la crema solar, desayunos tardíos y duchas largas.

Por fin se iban de vacaciones. Por fin podrían someterse a los horarios de sus biorritmos más perezosos e inteligentes. Se dedicarían a beber, bañarse y jugar con las olas, reír, compartir charlas filosóficas y banales y rememorar admirados la odisea temporal y la toma de la molécula de Dios.

Nada había funcionado y se cerraba una etapa, un agujero temporal y la posibilidad de un Nobel de Física. Ya nada iba a ocurrir.

Lo único reseñable que pasó fue que abrieron el Tinder de Mencía para cotillear la fauna autóctona y quedaron todos con un francés llamado Grégorie que antes de yacer con Mencía le suplicó que se les uniera Debo. Era evidente que a él era Debo quien le interesaba, aunque ella se negó a hacer un trío. Así que el francés se acostó con Mencía probablemente pensando en su amiga o sabe Dios en quién, pero no en ella, era evidente. Este coito desalmado propició una infección de tricomoniasis en la flora vaginal de Mencía, lo que a su vez se tradujo en un olor pestilente y molestias nada agradables durante semanas.

Pero iban a suceder muchas cosas más. Unas cuantas de entre muchas probabilidades: Debo se iba a quedar embarazada, de Dani, por supuesto, y nacería Telmo, un niño precioso de mirada viva y llanto insolente. Así, de golpe, la maternidad apartaría a Debo de la juerga y también de la ansiedad, aunque solo por un tiempo. Porque su naturaleza de niña perdida la invitaba a jugar y a aburrirse de ser adulta. Probaría la ayahuasca, se convertiría en una ferviente seguidora de Carl Gustav Jung después de comprender que todo lo que se resiste persiste, y que todo lo que se acepta, se transforma.

Nadie iba a conocer al novio de Lolo. Aquella relación, que desapareció sin dolor y con madurez, dio lugar a la compra de un piso y a ascensos laborales en la pequeña y hedonista industria de la moda. No iba a faltar un gatito cariñoso y fiel al que Lolo llamaría Peru.

El reguetón iba a mutar a otras cosas; pero la dicotomía de música comercial y *underground,* pese a desdibujarse, se polarizaría también. Las letras de las canciones que adoraban el dinero darían cuenta de la pobreza espiritual de la juventud, que ya no querría rebelarse, sino que aspiraría secretamente a una vida digna. Al fin y al cabo, se confundiría la felicidad con sus símbolos y esto produciría más ansiedad y depresión en la engrasada maquinaria neoliberal.

Inés suspendería de nuevo la oposición; y tendría una apacible relación con Guillermina, que echaría abajo los tópicos tóxicos de la bisexualidad. Creando narrativas donde las mujeres que tienen relaciones afectivas con mujeres no son percibidas como una amenaza para estas ni para los varones. Todo estaba por hacer y por contar y esto le daba fuerza a Inés, que se dedicaría también a estudiar las implicaciones ontológicas de la mensajería temporal.

El cambio climático traería temperaturas más altas cada vez; y un atroz conformismo inundaría a la población, incapaz de rebelarse contra los responsables, ocultos siempre bajo el título de benefactores.

Pablo tendría una profunda y sanísima relación con Iván, el catalán, que terminaría en la normal y civilizada ruptura que dictan los estándares del buen ciudadano. Lo que pocos advertirían es que esas adolescencias robadas de las personas LGTBIQ+ producen silencios y huecos muchas veces difíciles de gestionar y en el caso de Pablo, por fortuna, se trató «simplemente» de una primera ruptura, pero demasiada gente tuvo que sobreponerse al rechazo, al hueco juvenil que se intenta llenar en la adultez y al disimulo injusto de una vida con interpretación digna de un Oscar.

Santi heredaría una vivienda de ensueño, Martín continuaría trabajando para el Gobierno del color que fuera y Zaida Carmona y su novia crearían una familia preciosa, de esas de gritar mucho en la cena y ver decenas de películas cada semana. Debatiría, cuestionaría y viviría con la fuerza de los mares siempre. Su empresa Jajaja Industrias crecería gracias al sesgo filosófico empresarial único en el mercado español.

Susana —ironías de la vida— conocería a un cardiólogo de humor ácido y facciones dulces.

Raquel y Juanfer se irían a Tailandia de luna de miel y les esperaría la más aburrida y miserable de las vidas: tres hijos insoportables y con muchas caries, chalé con pista de pádel, gimnasio y piscina, hastío conyugal, discusiones desde egos enfermos, reconciliaciones con joyas caras y polvos tristes, infidelidad de él con una empleada, divorcio millonario, depresión, adicción a la cocaína y a las benzodiacepinas y, lo peor, escucha compulsiva de Alejandro Sanz.

Nacho respondería por WhatsApp a Mencía para decirle que quería estar con ella, cuando pasaran todas las guerras, a la vuelta de las vacaciones.

Iban a ocurrir muchas más cosas: eventos especiales y únicos, seleccionados entre infinitas posibilidades espaciales y temporales, como al fin y al cabo sucede siempre.

hou
1890

«E il naufragar m'è dolce in questo mare»